新潮文庫

沈める滝

三島由紀夫著

沈める滝

第一章

城所昇《きどころのぼる》は、小説の主人公たるには不利な人物で、人の共感や同情をこれほど受けにくい男はめずらしい。世間の判断で言うと、彼は「恵まれすぎていた」のである。父は早く死んだので、彼は祖父の寵児《ちょうじ》であった。その祖父も三年まえに亡《な》くなったが、祖父の庇護《ひご》は、死後もなお、愛する孫の生活を厚く包んでいた。祖父の城所九造の名は、電力界では誰知らぬ者がなかった。豪宕《ごうとう》で、復讐心《ふくしゅうしん》に富み、道楽には目がなく、おそるべき精力の持主で、夏のさかりにもネクタイと上衣《うわぎ》をつけ、終始一貫、「民衆の敵」であった。

祖父の悪口が、おっとりと育った孫の耳に入りだしたのは、大学を出るころになって、ようやくのことである。それまで昇のまわりには、祖父を神格視している人ばかりが集まっていた。父をも母をも幼ないころに喪《うしな》ったこの城所三世は、ふつう威勢のさかんな祖父を家長にいただく家で囁《ささや》かれがちな、どのような不満も聞く折がなかった。その実、彼が小学生のころ、白色テロの一味が未遂のままに検挙されたとき、その暗殺名簿のなかに、城所九造の名を見出《みい》だした世間は、ひそかな拍手を送ったのであった。

九造は鹿児島の産である。明治十二年、九造の父は旧藩主の東京の屋敷の執事になり、家族ともども上京する。やがて九造は、明治時代の実業家にとって共通の師父である福沢諭吉の塾生になる。

明治三十一年に、すでに福沢諭吉は、実業を論じて、水力電気の開発に目をつけていた。九造は大いに共鳴したが、十数年後には九造自身が電力事業に携わって、東北地方の公益事業を手中に収めるにいたっていた。

九造の生涯には、いつも一種の予感による調和が働らいていた。良いほう〽、にせよ、悪いほうへにせよ、事情はたえず九造の予測するとおりに動き、「だから言わないこっちゃない」という文句は彼の口癖になった。実際まちがったことは、きまって彼の意志の挫折《ざせつ》から生れ、九造に言わせれば、役人はつねに愚鈍であり、民衆はつねに盲目であった。企業の自由は国家目的に、物質文明の進歩は民衆の福祉に、終局的に符合すると信じた明治時代の実業家の使命感は、かれらの心持としてはそんなに嘘《うそ》ではない。

昇は晩年の祖父のかたわらに居て、世間で悪人と呼ばれている人の、日常生活をつくづく眺《なが》めた。祖父は私慾《しよく》のない人だったが、たとえ単なる私慾も、程度が強まり輪郭がひろがれば、人間のふしぎな本能から、無私の要素を含まずにはいない。同時に無私の情熱も、ちょっと弛《ゆる》んだ刹那《せつな》には私慾に似るのだ。昇は祖父のうちに自己放棄の達人を見た。自分をそんなにも愛してくれた祖父の、人柄の全部を好きではなかったが、怪物の日常と附合って暮すことは、この世のさまざまな怪物的概念に対して疑ぐり深くさせるには役立つようである。

祖母は発狂して、死ぬまで病院に入っていた。九造には二三の妾《めかけ》がいたが、決して出入りをさせなかった。そこで母親が産褥熱《さんじょくねつ》で死んでこのかた、ひどく男性的な乳母《うば》を除いては、昇は女気のない環境で育った。彼は男の子の教育にしばしば歪《ゆが》みを与える、秘められた望みや復讐心をかくした母性の柔らかな手を知らずに育ったのである。

祖父は竣工式《しゅんこうしき》の記念品の発電機の模型や、鉄の組立玩具《がんぐ》や、ダムの調査の折にもちかえった河底の石などばかりを孫に与えた。玩具は要するに、石と鉄ばかりであった。空想力の乏しい、しっかりした子供で、小学校の先生は、昇が数学がよくできるのにおどろいたが、情操のまるきり欠けていることにもおどろいた。塗絵をさせてみると、馬でも兎《うさぎ》でも、おなじ灰いろに塗りつぶしてしまった。

父は昇が十歳のときに死んだが、この病弱な怠け者は、九造の孫の教育に不服をとなえながら、反対もようせずにいた。その上、彼は別に息子にどうこう言うほどの関心もなかった。美術学校へ入りたいという望みを父親に阻止されて、日本銀行へ入れられて、週末毎《ごと》に写生旅行へ出かけるようなこの男は、息子の描く絵を見て、ぞっとしたのである。

昇の姿かたちは、まことに見事に成長した。ふつうの少年とはちがって、女が何故《なぜ》かしら彼に感動を与えるということを知るより先に、ぼんやり立っているだけで、彼が何故かしら女に感動を与えるということを知った。或《あ》る感覚世界の発見は、昇にとっては、まるきり観念的な形をとらなかった。

誰しも気まぐれに小説家になりたいと思うような時期があるものだが、この感覚的にいたって凡庸な少年も例外ではなかった。彼は二三の音楽をきき、二三のいわゆる文学を読んだ。何かこの世には、暗く甘く、優雅で柔らかく、石や鉄とは似ても似つかない世界のあることを、すでに発見していた彼は、こんなごく入門的な音楽や文学で、今それが立証されるような気がした。しかし昇は山岳部へ入る学生のロマンティシズムとは縁がなかった。ただ単に官能的なものであっても、彼はそれを崇高化したり軽蔑《けいべつ》したりして歪めずに、まっとうにそれに身を委《ゆだ》ねることのできる稀《まれ》な若者の一人であった。

道徳的な顧慮をすこしも持たずに、彼は、戦時下の避暑地の乱脈な生活を抜けくぐった。まるで感情というものがないみたいで、それほど冗談も飛ばさないが、いつも朗らかな少年が、女たちをちっとも退屈させなかったのは、いかなる理由によるのか？

昇は一向勉強をする様子もみえないのに、高等学校の理科を一番で卒業し、工科大学へ進んで土木工学を専攻した。これについては、この損な学科の教授が、死んだ母の弟に当っていて、かねて昇に嘱望していたために、昇もその気になったというのにすぎない。戦後、大学を出る。祖父が会長をしている電力会社に入る。いずれは重役になるという黙契がある。昇はさしあたって現場へはやられず、設計図を書き、青写真と睨《にら》めっくらをしている……。

私がこうして経歴を紹介しておいて、次のような現在の昇の素描をすると、奇異の感に打たれる人があるかもしれない。彼の素描は、右の経歴から人が想像するところのものと、多少ちがっている筈《はず》である。

九月末の夕陽《ゆうひ》が、電力会社の正面の古風な柱廊を照らし、石の階段の段落をくっきりと際立《きわだ》たせている。退《ひ》けどきの社員の群が、ひとしきり、その階段を降りおわった

ところである。一人の青年があとから降りてくる。石段の途中で一寸《ちょっと》立止って、まぶしそうに目を細めて、夕日の空を見やる。無帽で、地味な灰いろの背広を着、手には何も入っていないようにみえる薄い書類鞄《しょるいかばん》を提《さ》げている。

秀《ひい》でた眉《まゆ》、浅黒い肌《はだ》、軽い段をなした稜線《りょうせん》のはっきりした鼻、人並すぐれて切れ長の眼。決してまわりへ自分の孤独を押しつけようとするのではないが、自分の周囲の孤独には敏感に反応すると謂《い》った顔。頰《ほお》の豊かさが、もう一寸で鋭くなる印象を割引していると謂った顔。健康ではあっても、生気に乏しく、そこらへ投げる視線に、どことなく投げやりなところがあって、そういう目遣《めづか》いから逸楽の疲れを嗅《か》ぎだすのはわけもないことだ。

城所昇はふりかえった。うしろから総務課の瀬山が、鞄を前後にふりながら、駈《か》け下りてきて彼の名を呼んだのである。

瀬山は昇より七つ年長である。昇の少年時代に、城所家の書生をしていたことがある。いくらか広島訛《なま》りのある言葉で、せかせかと、しかし重ったるい口のききようをする。顔は角ばっていて、目は小さく三角形をしている。強い引締った顎《あご》をしている。

「おかえりですか、城所さん。ちょっと話があるんだが」

昇は無感動に微笑した。

「何ですか」

「いや……歩きながら」

なるほど瀬山は着実に歩いた。車をよけて、溝《みぞ》とすれすれのところを強情に歩くのである。

「実は私は、今度の異動で、とんでもないところへやられそうなんですよ。奥野川ダムの事務にまわされそうなんです。あんな辺鄙《へんぴ》なところへやられたら、女房子をどうします。何とかなりませんかね」

「僕に言われたって仕様がないな。お祖父《じい》さんが生きてるうちなら別だが」

「そうですよねえ。先生が生きていらっしゃればねえ」

瀬山はけろりとして話頭を転じた。

「きょうは呑《の》まないんですか」

瀬山はしばしば昇に酒を御馳走《ごちそう》になるのである。

「ええ、きょうは一寸約束があるもんですから」

「ああ、そうですか」

瀬山はすばやく交叉点《こうさてん》を目測して、信号が赤になるまでのあいだに、急いでむこうへ渡れる余裕があるのを見てとった。

「じゃあ、失礼、また明日」

彼は鞄をひるがえして、みるみる向う岸へ行って、忽《たちま》ちそこで夕刊を買いながら、こちら岸の昇のほうへ目礼をした。

『お祖父さんはいつも何かに夢中になっていた。俺《おれ》も早く何かに夢中にならなくちゃいけない』

昇は長い夕影のなかを人通りのすくないほうへ歩きながら思った。彼の自負してい

る天分が一つあった。それは集中ということである。多忙な実業家で、寸暇をみつけるとすぐ居眠りのできる人があるが、昇の頭脳もそれと同じで、寸暇をみつけて精神を集中させることができ、そのために勉強も仕事も、人の数倍の早さでできるのである。

『しかし集中ということは、夢中になるということじゃない。問題は持続だ……』

彼は祖父の尽きざる精力と、たえまのない情熱の持続を妬《ねた》んでいた。あれは一体どこから来たのだろう。実際九造の精力は、個人の力というよりも、多数の見えざる力の支援を恃《たの》んでいたかのようである。電力問題となると、「千万人といえども我往《ゆ》かん」というのが口癖だったが、祖父の意識のうちには真の孤立はおそらく一度もなか

った。祖父は目的を弁《わきま》えなかったが、自分の効用はいつも自覚していた。帚《ほうき》が、「自分は物を掃くためにある」と確信しているあいだは、どんなことをしたって帚は孤独にならない。

『孤独というやつがいけない。空間的に結びつきのない人間が、時間的に持続するわけがない。俺は何に結びつくことができるだろう』

河のおもてに西日がまともにさして、その部分は澱《よど》んだ水も光りに弾《はじ》けてみえるが、橋の影になったところには、油の虹《にじ》が鮮明にうかんでいた。熱せられた川水は臭かった。昇はふとした加減でそれを嗅いで、顔をそむけた。……こんな匂《にお》いを好くようなデカダンとはちがう。

酒場リュショール（螢《ほたる》）の裏口の戸を、昇は手にした鞄をそばの芥箱《ごみばこ》にぶつけながらあけた。開店までにはまだ一時間あまりある。外光に馴《な》れた目に店内は真暗で、奥のカウンタアから会釈《えしやく》するバアテンダアのシャツの白だけが朧《おぼ》ろげにみえる。昇は突先の埃《ほこり》っぽい階段を軋《きし》ませて昇った。黒い仔猫《こねこ》が音もなく蹤《つ》けてきて、昇の踝《くるぶし》に頭をすりつけた。うつむいて猫を撫《な》でる。猫の背は濡《ぬ》れている。

彼は階段を上りきったところの壁に、無頓着《むとんじやく》に濡れた掌《て》をすりつけた。金鍍金《きんめつき》の鍵《かぎ》鎖《くさり》から、鍵を引き出す。小部屋の戸の鍵穴にそれを宛《あて》がう。隣室の女たちの仕度《したく》部屋のほうは、まだ誰も来ていないとみえて、ひっそりしている。

昇は仔猫を閉め出して、ドアを背後に閉めた。殺風景な小部屋があらわれた。洋服箪笥《だんす》と、安楽椅子《いす》が一つと、小卓が一つあるだけで、何もない二坪あまりの部屋である。

洋服箪笥の戸には姿見がとりつけてある。厚い鏡面の縁がプリズムをなしていて、斜めにさし入る西日が、一個所だけ紫と緑と真紅に煌《きら》めいている。その代り光りは掃除のゆき届かぬ鏡面にも辷《すべ》り、微細な埃が、ひとつひとつ影像を伴って見えるのである。

昇は書類鞄を、安楽椅子の上へ乱暴に投げやり、勤め人らしい地味な上衣を、ネクタイを、ワイシャツを、ズボンを投げやった。ランニング・シャツとパンツだけになった競技者のような青年は、洋服箪笥の中を物色すると、目にもとまらぬ速さで、薄い葡萄《ぶどう》いろのシャツや、馬乗りのついた上着などの、洒落者《しゃれもの》の出で立ちに成り変った。するとの中の青年の顔は、決して生気を帯びこそしなかったが、逸楽の疲れを帯びた表情や、不服そうな頰の感じなどが、いかにも所を得たものになった。

「お召替えはすみましたか？　もう入ってよろしいの？」

ドアがノックされて、こういう声がする。昇が答える。四十恰好《かっこう》の小柄な小肥《こぶと》りした和服の女が入ってくる。リュショールのマダムである。

御所人形のような目鼻のうまい具合に離れた顔で、ごく小さいなりに上下にいききと跳《は》ね返った唇《くちびる》をしていて、踊りの名取で、一目で芸妓《げいぎ》上りとわかるが、加奈子はゴルフもやればスキーもやる。城所九造が六十の年に加奈子の水揚げをした。加奈子は戦後になって、急にバアをやりたいと言い出した。この店は九造の建ててやった店である。こうした縁故で、昇は銀座の一角にこんな小部屋を持ち、夜、遊びに出るときの着替部屋にしているのである。昇は勿論《もちろん》月々過分の部屋代を払っている。

「今度お作りになったの、それ？　いい生地ね。八十パーセントぐらいのカシミヤだわね」

昇は黙ったまま微笑して、母親に新調の服をみせる息子のように、加奈子の求めるままに、不器用に体を一廻転してみせた。

加奈子は彼の脱ぎ捨てたものを、甲斐々々《かいがい》しく洋服掛けに掛けながら、いつものようにこう言った。

「お仕合せだわ。お仕合せだわ。昇さんほど幸福な方ってないわね」

加奈子の前へ出ると、昇は否応《いやおう》なしに「幸福な王子」扱いをされる。祖父の遺産で相当な証券収入のあるこの美貌《びぼう》で健康な青年は、幸福というものを客観的にたしかめて満足する習性をもった加奈子のような女の目には、欠くるところのない人物に映った。幸福！ 幸福！ それが生きて動いているところを見るだけでも尽きせぬ慰めである。

昇は実際、二十七歳がもてるだけのものを全部もっていた。若さ。金。秀抜な頭脳。強靭《きょうじん》な体軀《たいく》。加うるに係累《けいるい》のない完全な自由。一方にはまた、男の必需品である仕事。どこから見ても人ぎきのわるくない職業。退屈に陥らせぬ程度に自由を抑制するこれら市民的な調味料。……

しかしまだ持たないものを思い描くことは人を酔わせるが、現に持っているものはわれわれを酔わせない。もし酔うとしても、それは人工的な酔いである。昇はこんなわけで、何事にも酔わないだけの資格があった。その上、彼のように客観的に「幸福な」人間は、人が不幸と呼んでいるものをよし味わうとしても、些《いささ》かの衒気《げんき》が伴うように見られるので、こんな意識が不幸を危ういところで彼から遠ざけてしまう。狼《おおかみ》を知るには、われわれは狼にならなければならない。同様に昇が不幸を知るには、幸福な人間であることを止《や》めて、その瞬間から不幸な人間にならなければならない。昇の内心がどうであっても、もろもろの世俗的な範疇《はんちゅう》には、一種の真理がひそんでいた。昇は思想とは縁のない人間であった。足るを知るという世俗的な思想からも、おのれの物質的所有に罪悪感を抱《いだ》かせるような思想からも、彼は純潔だった。ひどく飽き飽きしていたが、自分が何に飽き飽きしているか、つきとめてみることもしなかった。

その結果昇が陥ったのは、一種の悪趣味である。加奈子のような無害な女の顔に彼の反映が宿るのを見ること、彼自身にはまるで理由のわからない誇大な讃美《さんび》や無邪気な羨望《せんぼう》を眺めること、そういうことが慰めになった。乳母に対するのに似た或るやさしさから、彼は加奈子の前ではつとめて幸福そうに、そのイメージを裏切らぬように心掛けた。その実かつて何の感情もない明るい少年だった彼の心は、今も何の感情もなく、荒涼としていたのである。

そして昇にとっての加奈子は、彼が告白の相手を決して必要としなかったために、彼の閉ざされた心の孤独の安全な担保と謂った趣きがあった。昇はこの女の前にいるときほど、安心して一人ぼっちになれることはなかった。まるで盲《めく》らの前に身を置くように。

……階段にざわめきがして、三人のウェイトレスが固まって御出勤になった。その一人はゆうべ附合ったお客と、今日の午後まで附合いつづけるのが退屈になって、電話をかけて呼びだした二人の朋輩《ほうばい》と、都合四人で評判の映画を見て、その足で店へ出たのである。

戸が薄目にあいているので、女たちは昇の部屋へたまには入ってみたいという気を起した。一人が思い切って戸を大きくあけた。

昇と加奈子は、框《かまち》に立った三人の女が、手を軍隊式に顳顬《こめかみ》のところへかかげる礼をして、いっせいに、

「入ります」

と叫ぶ有様を見たのである。ほんの三週間軍隊生活の経験のある昇は、上官の貫禄《かんろく》を示して、こう言った。

「よし。用は何か」

女たちの肩や腰は忽ち柔らかな線に崩《くず》れ、それがぶつかり合って、窄《せま》い室内へ押し入って来た。昇は「素人《しろうと》専門」であった。店の女には一人も手をつけなかった。加奈子はこの厚意を多とし、女たちは玄人《くろうと》扱いが不満であったけれど、お蔭《かげ》で昇は酒場の女の仲間うちの男だけが知っているこまやかな友情の恵みを受けた。例《たと》えば、バアテンダアだけが知っているような女の友誼《ゆうぎ》、……生意気な女給を二階へ呼び上げて平手打

を喰《く》わした正義派のバアテンダアが、涙を流して詫《わ》びて自分の非をみとめた女と、それを堺《さかい》に結ぶような色恋ぬきの友誼。

三人の女の一人の景子は、少女歌劇出身の姉さん株で、ときどき突拍子もない夢想をえがき、編物をすれば、いつも二つ三つ編目を飛ばしてしまう。もう一人はどの店にも必ずいる純情型で、大そう痩《や》せていて、頬をすぼめて哲学的なことを話し、何かの加減で大きくみひらいた潤《うる》んだ目を遠くのほうへ向ける房江である。この二人を電話で呼びだした由良子《ゆらこ》は、胸もとに大きなだらしのない乳房を泳がせ、たえず歌を口《くち》吟《ずさ》み、十分深慮であろうとして自分の指先をみつめる癖があるが、だんだん爪《つめ》は視界にぼんやりして来て、いつのまにか分別を失《な》くしてしまう。

昇は盆暮にはマダムや店の女たちに贈物をし、女たちが身分不相応なお返しをしても、一切の誤解なしにうけとった。また彼女たちは昇の色事の聴《き》き役であり、無能な参謀であった。しかも昇が女を捨てるごとに、昇に愛された女に対する彼女たちの復《ふく》讐心《しゅうしん》を、昇が代って満足させてくれるように思うのであった。従って彼女たちにとっての昇は、「女性の味方」だったのである。

「今日のあいびきの相手はどんな人なの？」

と加奈子が口を切った。

「可愛《かわい》い奥さんだよ。さあ、年は二十四五かな」

「どこで待合せたの？」

と房江がせい一杯に純情な瞳《ひとみ》をひらいて言った。昇は近くの喫茶店の名を言った。

「草野笙子《しょうこ》はもうやめたの？」

由良子の肩にかけた手に顎を載せて景子が訊《き》いた。それは映画の新人女優の名前である。

「もうやめたさ」

「早いのねえ」

女たちは讃嘆《さんたん》の気持をすこしも隠さずに、こう叫び合った。

「でも、その奥さん、今日たしかに来るかどうかわかって？」

「もう二三度会ってるんだよ。手も握らずに」

「手も握らずに……」

加奈子は復誦《ふくしょう》して、溜息《ためいき》をつき、自分の手首を自分で握った。

「ママったら、自分の手を自分で握ってるわ」

と目ざとく見つけた由良子がからかった。そうして「手も握らない」というこのネガティヴな表現に逆に心をそそられた女たちは、申し合わせたようにめいめいの片手をさし出し、加奈子の手の甲に堆《うずたか》く積み重ねた。四人の手を一どきに握れるなんて、幸福だと思いなさい」

「代りに一どきに手を握らしてあげるわ。

昇は微笑して両手をさし出した。乾《かわ》いた或《ある》いは湿った、熱い或いは冷たい、筋張った或いは肉づきのいい四つの掌《て》がそこに在った。それらの手は屍《しかばね》のように打ち重なり、指はもつれ合い、折からの薄暮の室内に、白い肉のこまかな起伏を浮ばせた。昇は左右から掌をあわせてそれを包んだ。この野菜のようなかさばった感触は妙に目新らしく、人体のどこの感触とも似ていないように思われた。

「もっと強く」

と一人が言った。女たちの顔はひしめいて、自分たちの手の甲を、一種真剣な面持で見下ろしていた。一つの手が俄《にわ》かに身をすぼめてのがれ去った。

「ママの指環《ゆびわ》のあとが、ほら、こんなについちゃったわ」

昇は未《いま》だかつて一人の女と、一度以上夜をすごしたことがなかった。自分の空想力の乏しさをよく知っている昇は、二度目の逢瀬《おうせ》の援《たす》けになるその力に頼らなかった。即物的な好奇心だけが彼に愬《うった》えた。彼を冷酷だと云《い》えるだろうか。一度だけで人はそんなに冷酷になれるものではない。一度だけでは、捨てたり、捨てられたり、という残酷な人間関係は生じようがない。

終った行為から離れるようにきわめて自然に、その肉体から、その女の存在そのものから離れること、昇はいつもそれを志し、予《あらかじ》め伏線を張り、大抵の場合、その通りになったのである。彼はそこのところをいつも巧《うま》くやったので、単なる即物的関心から子供が生れてしまうというような矛盾に、たえて身を縛られることがなかった。

或《あ》る官能に身を委《ゆだ》ねることは、昇にとっては知的な事柄だった。一人の特定の女に対する心理的な認識欲《よく》なるものの曖昧《あいまい》さをよく承知していた昇は、単なる反復を深化ととりちがえたりはしなかった。感覚に惑溺《わくでき》する才能の持ち合せがなかったので、彼はまるで自制や克己に似かようほど、ひたすら欲望の充足のために、おのれの知的な統制を心がけた。もし認識が問題なら、色事は決して一つところに足踏みしていてはならないし、もし特定の女を愛することが問題なら、色事はとたんにその抽象的な性格を失うのだ。しかしそもそも性慾とは、人間を愛することであろうか？

少年時代の放埒《ほうらつ》のおかげで（もっともこの放埒が少しも学校の成績に響かなかったのは人とちがっていたが）、昇は愛に関する形而上学《けいじじょうがく》に悩んだりする習慣を身につけなかった。愛する必要は一向感ぜず、愛されることは何かと便利だった。昇がその若さにも似ず、朝寝坊ではなかったことは、会社へ入って一度も遅刻をしないその物堅さから、上役たちが彼に信頼する一つの目安になった。昇を要領のいい、今様の合理主義青年と一緒にしてはならない。早起きの理由はただ、昨夜共寝をした女とすごすだらしのない芝居の序幕のような午前の時間が、大きらいだったからである。そのため昇は、日曜日を空費せぬように、土曜という日には決してあいびきをしなかった。

朝早く起き、女を促して外《そと》で朝食の珈琲《コーヒー》を呑《の》み、別れを告げてからリュショールへ立寄って着替をし、きちんと会社へ出て設計図の前へすわると、寝不足にめげない健康な若さは、その日一日、何の滞りもなく頭脳を仕事に集中させた。

相手を特定の女として扱わぬ以上、昇のほうも特定の男であってはならないわけで、昇は任意の人間になった。大都会は大森林よりも身を隠すことがたやすかった。彼はいつわりの住所と名前をいくつか持ち、名刺さえ作っていた。洋服を仕立てるときも、あらかじめネームを縫い取らないように注意した。問われるままに職業も答えるが、あるときはバンドマンであり、あるときは映画の撮影技師であり、あるときはちょっと凄《すご》んで、PX商品のブローカアであったり、弗《ドル》買いであったりした。女蕩《おんな》らしの人工的な風貌《ふうぼう》とは程遠いどこか素朴な好もしさがあるその顔には、頬の傷あととか、濃すぎる眉毛《まゆげ》とかの目につくような特徴は何もなかった。

彼にはあの野暮な瀬山をのぞいて、遊び友達もなければ腹心の子分もなく、夜の町へいつも一人で出た。陳腐な社交界は彼を喜んで迎えただろうが、彼を一週間と引止めておくことができなかっただろう。

夜のおののき、官能的な燈火《とうか》、いかなる場合にも勝利を疑わない心、……彼は一人で歩いているとき、明敏な眼差《まなざし》をし、いきいきと呼吸した。昼間のきちんと秩序立てられた整理戸棚《とだな》のような社会から、夜は完全に脱《ぬ》け出して無名の任意の人間になることの快楽を、おそらく祖父は、生涯知らなかった。祖父は猟といえば、あらかじめ勢子《せこ》に狩り出させて囲いの中へ追い込んだ獲物《えもの》を、大ぜいの見物人の前で、金ぴかの弓に矢をつがえて、射てみせることだと思っていたのだ。……

——あいびきの時間にはまだ間《ま》があった。昇はリュショールを出て、ゆっくり歩きだした。

テレヴィジョンを売っている店の前をとおった。影像を出すと無料の見物人がたかるので、店頭のどの機械も、青磁いろの空虚な硝子《ガラス》の顔を道に向けていた。彼は立止って、その何もない硝子のおもてに、背後の広告燈《とう》の明滅がゆらめくのを見た。

夏のはじめのころ、この店の飾窓をいつまでも眺めている少女に昇は声をかけた。

「いつまで見ていても映りませんよ」

その晩すでに彼女は、大人しく、つつましく、膝《ひざ》をすくめて、昇の前に、裸かでいたのである。万年筆を振って、そこかしこに飛び散ったインクの小滴のように、少女の体には黒子《ほくろ》がいっぱいあった。あんなに黒子の多い子は見たことがない。お臀《しり》にまで黒子があった。

昇は路傍のポストの前をとおった。

銀座を歩く人の何人が、どこにポストがあるかを答えられるだろう。夜のポストはもっと孤独になる。誰もポストに用があって夜の銀座へ出てくる人はいない。とりわけそのポストは、退《ひ》けあとの暗い銀行にむかって、影になって、うつむいて立っているように見えるのである。

夏のある晩、昇はそのポストに部厚な手紙を投函《とうかん》する女を見た。女は耳をすまして、手紙がポストの底に落ちる暗い乾いた反響をたしかめていた。

昇はポストのかげから現われてこう言った。

「失礼ですが、このポストは廃止になったんですよ」

女は率直におどろいた。

「あら、どうしましょう。大事な手紙なのよ。集配が来るまで待っていましょう」

「廃止になったのに、集配が来るもんですか」

「そうね。どうしましょう。廃止になったら、貼紙《はりがみ》でもしておけばいいのに」

「さっき貼ってあったんですが、誰かいたずらをして剝《は》がしたんでしょう」

このとき女はもう昇の嘘《うそ》に気づいた。怒らなかったところを見れば、はじめから気づいていたのかもしれない。

親しくなると、女は口癖のように、「私ってどうしてこうお人よしなんでしょう」と何度も言った。床の中でまでそれを言うので、昇は鼻白んだ。

昇はエレガンな女たちの集まる服飾品店の前へ出た。

五月のある日そこを通りかかった昇が飾窓からのぞくと、二三の女客の中に際立《きわだ》って美しい夫人が見えた。女の買物というものは、円卓会議のようなもので、永遠に捗《はかど》らないのが常なのに、彼女の買物は果断であった。いくつかの買物は大きな紙包にまとめられた。いい思案がうかばないのでいらいらしていた昇は、ふと買物を店員からうけとった夫人が、嵩《かさ》のわりに大そう軽い荷物なので、結えた紐《ひも》の輪を、黒いレエスの手袋の人差指に、ごく浅く不安定に掛けて立去ろうとするのを見た。昇はめったにやらない乱暴な手に出た。いそいで歩いてきたふりをして、店を出しなの夫人の体にぶつかったのである。荷物は鋪道《ほどう》に落ちた。ものの割れるような音がした。昇は言葉をつくして詫び、もし破損していたら弁償すると言い張って、わざわざ店員に中を調べさせたりしたのである。

数日後夫人は自分の屋敷へ昇を伴った。床に就《つ》く前に、彼女は鍵《かぎ》のかかる化粧部屋へ一時間も姿を隠して、昇をじらした。

……街の角々には、こんな風にそれぞれの女の思い出が巣喰っていたので、昇は安心して町を通るわけには行かない。同じ少女が、再びテレヴィジョンの飾窓の前に立って、彼を待っているかもしれないのである。同じ女が何度もポストのまわりをめぐり歩いて、待ち伏せしていないとも限らない。同じ夫人が、今度はひどく買物に手間取りながら、あの服飾品店の窓から、そとの往還を見張っていないとも限らない。女たちは誰も、永続と不変をのぞんだ。やたらと永持ちのするものに対する彼女らの説明のつかない愛着。昇がもし思想家だったら、永持ちのする思想をもっとも警戒したろう。

……彼は今夜のあいびきの相手との最初の出会を思いうかべた。

日曜日の午前、まだ暑い日だったが、糊《のり》のよく利《き》いた純白のシーツの上に目をさまして、昇は一人寝の朝の幸福に酔った。ついぞ不眠症というものを知らないこの青年も、これほどに夢のない眠りに恵まれることは稀《まれ》であった。床に腹這《はらば》いになったまま深々《ふかぶか》と煙草《たばこ》を吸った。

大きなふっくらとした枕《まくら》は胸の下にあり、腕時計は枕もとに秒音を立てていた。その枕の柔らかさや時計の秒音は彼に融和し、生活は下着のように、ぴったりと身に貼りついていた。

女と寝た朝は前の晩よりもずっと孤独になっている自分を見出《みい》だす彼が、一人寝の朝はすこしも孤独でないのはどうしたことか。

駅に近い場末のホテルで、夜のひきあけに車庫を出てゆく始発電車のとどろきを耳にすると、自分の足の指さきが触れている女の足から、できるだけ遠くへ出発したいと思う。火のように熱いあの足は、彼の足に異物のように触《さわ》る。自分の足ではないもう一つの足、たった一つの触覚で自分とつながっている大きな足の形をした別の世界の、途方もなく永持ちする具体性から、すぐにも逃げ出したいと思う。荷をからげ、薄明のなかを、皺《しわ》だらけのレインコートを朝風に靡《なび》かせて、汽車に飛び乗ったら、どんなにいいだろう。昇は一度たりと明日を思って生きたことはないのに、その思わざる明日はそういう寝床に突然あらわれ、彼はそれに直面することに恐怖を感じた。

――しかし今、窓の帷《とばり》を透かしてくる晩夏の旭《あさひ》は、怖《おそ》ろしい「明日」ではない。確実な今日《きょう》である。

立上って、Tシャツとズボンを身につけると、洗面所へ下りて、水を豊かに溢《あふ》れさせて乱暴に顔を洗った。

朝食がすむ。きのう手に入れた米国開拓局編纂《へんさん》の「マス・コンクリート・インヴェスティゲイションズ」を、多摩川の河原へ行って読もうと思った。彼はよく光らせた自転車のタイヤに空気を入れた。

……たった十日前のその日曜日の午前を、昇はもうはっきりと思い出すことができない。知識や数字や設計の細部などの、死んだものに関する彼の記憶力はすばらしかった。しかし生きているものは、その中に在って彼が観察者であろうとはしなかった結果、たえず記憶の外側を流れ去った。

やや暑い午前の日光、河原の反射、堤の葉桜の硬《かた》い下草、このあたりまでは遊覧客たちのあの夥《おびただ》しい紙屑《かみくず》も押しよせて来ない。草に腰を下ろして、本を読もうとする。しかし木洩《こも》れ日は強《きつ》く、白い洋紙の頁《ページ》は目に痛く反射した。二三頁ほど読んで、煙草に火をつけて、ぼんやりと河原を見下ろした。

白いスピッツが小さく河のほとりに見えた。鎖はつよく張りつめるかと思えば、たるんだ弧をえがいた。その鎖を手にした和服の女は、水際《みぎわ》にしゃがんで目高《めだか》をしゃくっては空罐《あきかん》に入れている子供たちと何か話している。ここからもよく見えるのは、その溜《たま》り水の波紋の反映が、檸檬《レモン》いろの帯からうつむいた顔にまで、大きくゆらめいていることである。そのためにうつむいた顔が透明なほど白くみえる。

昇に興味が起った。女はやがてそこを離れ、スピッツは歩きにくい河原道を躍動し、昇のそばの堤の石段へむかって来る。昇の目に女の着ている臙脂《えんじ》のまじった派手な久《く》留《る》米絣《めがすり》の着物や、エナメルの草履《ぞうり》をはいた跣足《はだし》が見える。河原を歩くので草履なのであろうが、跣足で草履をはいたあのしどけなさや不潔さが少しも感じられない。遠くからはもっと老《ふ》けていると思われたのに、近くでは大そう若い。丸顔で、目に張りつめた光りがあって、昇の好きな心持厚手の訴えるような形の唇《くちびる》をしている。

そこで急に記憶が薄れる。昇の気持に或る欲求のまじって来た瞬間の記憶は、いつも茫漠《ぼうばく》となるのである。欲求はいつも対象へ未知へと向っていて、そのあらゆる段階が再現されず、また安定した過去の形もとらない。しかし、これだけははっきりしている。昇の選ぶ女は、必ず彼と最初の二言三言を話してしまう羽目になること。そうして昇は決して能弁ではない。……二人は数日後の再会を約した。

……待ち合せた喫茶店は、壁がみんな鏡になっていて、屈折していて、半地下室や中二階があって、その上暗い照明に音楽が漂っている都会の思わせぶりな仕掛物の一つである。待合せた相手を探《さが》すためには、店の隈々《くまぐま》まで探した上、鏡に鼻をぶつけたり、暗い階段につまずいたりしなければならない。

そこの雰囲気《ふんいき》は本当に抹香《まっこう》くさい。勤めや学校のかえりの若い男女が、音楽に涵《ひた》された低い読経《どきょう》のようなお喋《しゃべ》りをするための小さな伽藍《がらん》。別れ話、結婚の申込、告白、讒訴《ざんそ》、こういう人生の大事が大てい一杯の珈琲の喜捨ですんでしまう。

女はいちばん奥の、仄暗《ほのぐら》い一隅で待っている。近づいて行った昇はおどろいた。こういう場所に似合わないあまり豪奢《ごうしゃ》な身装《みなり》をしていたからである。絵羽染の一越縮緬《ひとこしちりめん》の着物であるが、白地に肩からは藤《ふじ》の花房がいくつも垂《た》れ、裾《すそ》からは乱菊が生《お》い立っている。金銀の大きな市松のつづれ帯に、紅白の水引の帯留を締めている。それがすこしも暑苦しい野暮な感じを与えず、細身の体に優雅に適《ふさ》ってみえるのである。

「踊りの会のかえりなのよ。途中から抜けて来たの」

と女は昇のおどろいた様子を見て先に言った。

「あなたが踊るんですか」

「ただの見物《けんぶつ》」

女は理由もなく、ちょっと歯を露《あら》わすだけの、持ち前の含《お》しむような微笑をした。昇に対してもう自信をもっているこんな微笑が、彼にいつもながらの抽象的な喜び、「愛されている」という思い込みから来る女の心理的な自閉状態を外《そと》からゆっくり眺《なが》めている喜びを与えた。自分勝手にオートマティックに動いている心理は、まるで懸命に輪をまわしている二十日鼠《はつかねずみ》の動きを見るような、純粋で無目的な運動の快感を、見る者に与える。二十日鼠は、檻《おり》の戸をあけてやっても、めったにこっちへ向って駈《か》け出しては来ないだろう。……昇はこの段階における女が一等好きである。

女は自分のことを、ただ顕子《あきこ》と呼んでくれと云《い》っていた。顕子は昇の知ったどの女ともちがったところがある。というのは、顕子は見たところたしかに右のような段階にいるのだが、もし実際檻の戸をあけてやれば、怖ろしい勢いでこちらへ駈け出して来かねないところがある。それが昇に、いつにない不安と怯懦《きょうだ》を与えるのである。

昇は一寸目《ちょっとま》ばたきをして、こんなことを思った。

『この女とさえ、俺《おれ》は一度寝れば、それでおしまいだろうか。どっちに転《ころ》んでも、俺の生活の平静さは崩《くず》れる。もし他の女と同じように一夜で飽きれば、多分そのあとの俺の落胆は、いつもよりずっと深いだろうし、もし次の一夜を希《のぞ》む気持になれば、俺の絶対の勝利は絵空事に帰する。そのためにはなるたけ遅く寝るのがいいんだが、どうやらそんな我慢はできそうもない。俺はまさか恋なんて莫迦《ばか》げたことをしているんじゃないだろうな』

彼は自分以上の力がきらいだった。いきおい楽な女ばかり選んできて、わずかに素人《しろうと》ということで言訳を立てた。難攻不落の城に対する征服慾《よく》は、生活のテンポを乱すから、彼の採らぬところであった。

顕子はどこから見ても難攻不落ではなかった。最も初歩的でしかも必ず成功する手は、時間をかけて十分じらして、相手が進んでとびこんで来るのを待つことだが、彼は時として、期間をすこしずつずらして知り合った三人の女と同時に附合いながら、まずじれて来た女から順々に、平らげることもあった。しかし顕子は難攻不落でないどころか、最初から焦躁《しょうそう》をほのかに見せ、この疑いようのない成功の兆《きざし》が、顕子に限って、ふしぎと昇の逡巡《しゅんじゅん》のたねになった。

なるほど彼はためらっていた。死んだ祖父と張り合う気持から、彼はこのためらっていることを以《もっ》て、顕子に対して「夢中になっている」自分を証明しようとした。しかも依然、ためらいと熱中とは別物であった。夢中になっている人間と、不決断とが、どうして折れ合うことができるだろう。ところがこの蕩児《とうじ》が決断力に富んでいるときは、必ず彼が何ものからも醒《さ》めているときに限っていた。彼は熱中のない賭《かけ》しか知らなかった。

……女はわけもなく伏せていた目を、あたたかい湯のにじみ出るような徐々たるひらきかたをして、潤《うる》んだその目で昇をまともに見た。女のじれて来るとき、酒や踊りの最中に、「ねえ、どうなるの?」とか、「ねえ、どうするの?」とか、実体のなさそうな質問をさりげなく投げることがよくあるが、顕子は言わない。

顕子はつまらなそうな話をした。喫茶店に坐《すわ》っていても、いつまでもそこにいても一向構わないが、又すぐ出ても構わない、という風に見えた。贅沢《ぜいたく》で、御機嫌《ごきげん》のとりようがなく、昇と同様に、ひどく退屈していることがわかるのである。急に笑って、莫迦な話をした。

「うちの旦那《だんな》が、私のことを丹下左膳《さぜん》って渾名《あだな》をつけていたのよ」

「なぜ」

「だって朝、旦那が会社へ行くとき、私、起きていたためしがないの。旦那が出がけに寝室へ来て、『でかけるよ』って声をかけると、私がベッドの上で、一寸《ちょっと》、片目だけあけるからだわ。……その渾名も今はなくなったの。去年から、あたくし、片目もあけなくなったんですもの」

「それにしては、午前中に犬をつれて散歩に出かけたりするじゃありませんか」

「だって旦那が出かけた途端に、飛び起きて、シャワーを浴びて、お化粧をして、朝御飯もたべないで、すぐボギイを散歩につれて行くのが日課なんですもの」

「生活全部が自分の意志で動いているわけだな」

「自分の意志だってどうにもならないことがあるわ」——顕子はそう言うと、すこし隙間風《すきまかぜ》の吹くような笑い方をした。「だから私、決して自分の意志のために、自分をこういう風に見せると謂《い》ったお芝居をしたことがないの。私くらいお芝居の下手《へた》な女はないでしょう」

「何をしても文句は出ないんですか？」

「家を明けなければ、決して文句を言わないわ。家へ帰りさえすれば、いくら遅くなったっていいの」

「誰とでも？」

「ええ、誰とでも」

なるほど顕子は自分をよく見せるという習練を欠いていた。決して自分が不潔な印象を人に与えないという確信から、安心してわざと自堕落な話をするこの一種の逆のお洒落《しやれ》。昇は顕子と居ると、退屈しない。負と負を掛けて正になる数式のように、退屈した人間とのお喋りだけが、退屈した人間を、正《まさ》にその退屈から救うのかもしれない。

顕子が承諾の意思表示をしたとき、昇は絶望した。むしろ昇は、顕子が返事を一寸《いっすん》のばしに先へ持ってゆくことを期待していたのである。いつもの流儀で昇は、最上の策を考えた。もしこの女を自分が特別な女だと思いたがっているのなら、特別の扱いをしてかかるべきである。承諾だけを貰《もら》っておいて、そのまま身を隠してしまうに如《し》くはない。そうすれば顕子は最初の例外になり、鞏固《きょうこ》な思い出になり、忘れがたい女になるだろう、と思ったのである。

しかし、こんな考え方をする自分を、昇はやがてセンチメンタルだと思わずにはいられなかった。そう思うことは彼の知的な矜《ほこ》りを傷つけたが、実際昇にとってはこういう知的干渉が、単なる情感の満足ですむことを、無理強《むりじ》いに欲望の満足にまで持ってゆく場合があった。欲望は、肉体的本能であるよりも、むしろ昇には、一種の知的仮構とでも謂ったほうが近かった。(少年時代は決してそんなことはなかったのに!)場数を踏むにつれてこの不遜《ふそん》な青年は、自分の肉体というものを、女に与える肉体的魅力以上のものには値踏みをしない習慣に狎《な》れていた。

『又繰り返しだ』そう思うと彼の心は凍った。

昇はツーリスト・ビューロオのように、五六種類の宿をいつも用意していた。女の種類によって、またいつわった自分の職業によって、臨機応変に顔の利《き》く宿がなければならない。何でも豪勢なことの好きな女にはそういうホテル、小ぢんまりした家庭的環境の好きな女にはそういう宿、小粋《こいき》なホテルの好きな女には小粋なホテルを、また貧しくて物怖《ものお》じしそうな女には場末のホテルを、むやみに世間を怖《こわ》がる女には思いもかけない郊外の宿を。

顕子は贅沢で、和服を着ている。昇は山の手の住宅街の中にある元は誰様の邸《やしき》であったらしい静かな日本旅館へ電話をかけた。

タクシーの暗い車内で、昇は女の手を軽く組み伏せるように握って、自分の腿《もも》のそばへ置いた。手は鞣《なめ》し革《がわ》の感触をもち、冷たくかすかに汗ばんでいた。彼は先程一どきに握った四つの手の、ふしぎな嵩《かさ》ばった触感を思いうかべた。顕子の手は優雅で柔らかく、彼の掌《て》の中で扇のように畳まれた。

向うから来る車の前燈が、はげしく近寄って来てすれちがうときに、昇はその光りが迫ってきて、彼の荒れ果てた内部を、さっと照らし出してすぎるように感じた。陰惨な繰り返し。それは奇怪だ。生活を明晰《めいせき》に保とうとすることから来るこの繰り返しが、どうして陰惨な心を作るのか？

彼は早く切り上げたかった。任意の人間の生活に飽きながら、しかもまた、いちはやく任意の人間にかえろうとするこの焦躁。……昇は女の手をすこし強く握った。それを欲望の対象だと確かめることが必要だったので。

「あなたの座右銘を当ててみましょうか」と女中が出てゆくと顕子は言った。

「そんなもの、あるもんですか」

「こういうんでしょう。『愛されるためには、決して愛してはならない』そうでしょう？　お顔に書いてあるわ」

「君の座右銘は？」

「何もないの。壁に何が貼《は》ってあるでしょう。壁はまっ白で空《から》っぽだわ」

それから顕子は別のことを言った。

「きのう私、ケテルスへお菓子を買いに行ったの。私が丁度五つ残っているお菓子を買ったら、私の次に来た中年の女がやっぱりそのお菓子を買おうとしたの。それでおしまいだと知って、私をすごい目つきで睨《にら》んだわ。それから一日不愉快だったわ」

昇がすぐそばへ来た。顕子は決してあたりをうかがうというのではなく、何もないところへぼんやり目を向けて、それからその目を閉じて、唇をさし出した。『何を見ていたのだろう』と、接吻《せっぷん》しながら昇は思った。

風呂《ふろ》へ入るために、顕子は次の間で浴衣《ゆかた》に着かえた。昇はあの絵羽染の豪奢な着物が、女の丸い肩から辷《すべ》り落ちる音をまざまざと聴《き》いた。優雅な絹は、鋭く空気を切るようにして、それ自身の重みで畳に落ち、畳に触れて崩れるかすかな音を走らせた。

昇は座敷に寝ころがって、それを聴いていたのである。彼はいつから自分が、こういう優雅な柔らかなものが好きになったのかと自問した。子供のとき、彼は石と鉄の玩具《がんぐ》しか知らなかった筈《はず》だ。

……昇は愛撫《あいぶ》した。女の息は少しも乱れなかった。

前にも何人か、この種の女を知っているが、顕子はその誰ともちがっていた。この種の女はきまって過剰な演技で、自分を欺《あざむ》こうとするものだが、顕子は彼女自身の無感動に対して忠実そのものであった。

昇はこの種の女が、もう少しで手が届きそうで届かない陶酔に対する焦躁を、誇張した陶酔の演技で以て補おうとするさまを、幾度か見て知っている。彼女たちは海を見ようとする。すると沙漠《さばく》が迫って来るのである。それを海だと思おうとする。しかし砂が口をおおい、鼻孔をおおって、彼女を埋めてしまう。彼女は男だけの快楽を、恐怖を以て想像する。まるで馬蹄《ばてい》にかけられる恐怖と謂おうか。むこうには異様な忘我の世界があり、こちらには庭に置かれた庭石のような存在がある。彼女たちはむこうの世界を模倣しようと思う。追いかけたいと思う。しかしそれは無限に遠のき、大きな厚い硝子《ガラス》の壁が目の前に下りて来る。

昇はいつも敏感にそれを察知すると、女の演技に欺《だま》されたふりをするようにすぐさま心仕度《こころじたく》をするのである。自己欺瞞《ぎまん》をあばき立てて、こちらまでも沙漠に直面しなければならぬ義理はないのだ。彼がねがうのは相手が演技を少しでも巧《うま》くやってくれることしかなかった。

しかし顕子はちがっていた。目をつぶって横たわり、小ゆるぎもしなかった。完全な物体になり、深い物質的世界に沈んでしまった。

焦慮するのは昇のほうであった。彼は墓石を動かそうと努めて、汗をかいた。彼がこれほど純粋な即物的関心に憑《つ》かれたことはなかった。よくわかることは、顕子が自分の無感動をあざむこうとしていないことである。彼女は絶望に忠実であり、すぐさま自分を埋めてしまう沙漠に忠実である。この空白な世界に直面して、自分が愛そうと望んだ男を無限の遠くに見ながら、顕子は恐怖も知らぬげに見えた。生きている肉体が、絶望の中にひたっている姿の、これほどの平静さが昇を感動させた。

彼はいつか、この沙漠に身を埋めた女に陶酔を与えようとする徒《あだ》な努力が、彼自身の快楽のためではなくて、ただ単に、虚栄心にすぎぬことに気づいた。顕子の肉体はそこに存在し、顕子は正にそこにいる。彼女は何も男に挑戦しようとしているのではない。ひたすら自分に忠実に、物質に化身しているにすぎないのである。

このままを抱かなければならない。そう思った彼は、別のやさしさで女を抱いた。

そのとき昇に、異様な力で、彼の幼年時代が還《かえ》って来た。再び石と鉄の玩具が与えられたのである。祖父が拾ってきた河底の石や、鉄の組立玩具や、発電機の模型は、彼の両腕の中いっぱいにあった。それらのものを胸に抱きかかえて、昇は腕の強さを自慢した。ああいう玩具の冷たさ、固さ、感情を持たない機械の忠実な動き、子供の指に抵抗を与える重さ、ああいうものは何と好もしかったろう！　石は決して子供におもねらず、堅固な石の世界に住まっていた。鉄は子供の指の力を冷酷に嘲笑《ちょうしょう》し、決して壊《こわ》れない玩具が彼を囲んでいた。友だちはしょっちゅう玩具を壊していた。昇は分解したり組立てたりすることはできるが、決して自分の玩具を壊すことができなかった。玩具たちは彼の所有物でありながら、彼に属してはいなかった。そういう堅固な別の世界に属するもので、自分の欲しいものを組立てて遊ぶことは、昇の大きな喜びであった。……

こんなわけで昇は今、女の形をした石像を、記憶のもっとも深いところから生れる親しみを以て抱いていた。彼が愛しているのは絹の優雅や柔軟さではなかった。それは石、明快な物質だったのである。

……顕子はようやく目をひらいて昇を見た。彼女には見ぬさきからわかっていた。毎度のように、顕子が目をひらくや否《いな》や、顕子のなかの絶望した女と、目の前の絶望した男とが目を見交《みか》わすことが。

しかし昇はちがっていた。この青年の目には恍惚《こうこつ》としたやさしさがあって、はじめて見るこのやさしさが、彼をひどく美しく見せていた。

顕子は目をみひらいたままだったが、昇のふしぎなやさしさを見るうちに、涙が流れた。

「私をお憎みにならないの？　どうして？」

と女が訊《き》いた。

「どうして憎む？　君ぐらい僕とそっくりな女に会ったことがない。君を憎めば僕を憎むことになるだろう。大体僕はあんまり自分を憎まないたちでね」

「私はこのままの私を愛していただく他はないの。もし私が変えられればいいけれど、誰も変えられないの。だから正直に自分を見せるほかはないの。でも、私、あなたを好きだわ。こんなに好きなのに、あなたを好きだという証拠を見せてあげることが私にはできないの」

顕子は毎度の破局に——男が屈辱から来る憎しみで彼女を見つめ、彼女はまた、この男も自分を変えてくれなかったという絶望から生れる侮蔑《ぶべつ》で男を見つめる、あの破局に——馴《な》れていた。だから昇のやさしさは彼女の理会の外にあった。破局の代りにもっと恐ろしいものが来たのではないかと顕子は惧《おそ》れた。

昇は暗い天井をじっと見上げて、深夜の空気を吸った。それは涼しく、浄化され、頭をさわやかにした。

『俺は生活を変えることができる』と昇は確信に充《み》ちて思った。『顕子は俺に訓誡《くんかい》を垂れた。虚無の只中《ただなか》にこんなに自若として横たわること、それがこの女に出来て、俺には今まで出来なかった。石と鉄の世界にかえろう。俺のいちばん身近な、いちばん親しいものに没頭しよう』

彼は蘇《よみがえ》った人のように、床に起き上って下着をつけた。

昇はそれからめずらしく能弁になり、女にむかってはじめてのことだが、自分のいつも一度きりの色事の経歴を話した。

「僕は今までいつも一度きりだったんだ」

と昇が言うと、

「ふしぎね。私も今までいつも一度きりだったのよ。もっともそれは私の望んだことではないけれど」

と顕子は言った。それからあわてて附加えた。

「あなたみたいな人ってはじめて見たわ」

二人が戯《たわむ》れに数を言い合うと、顕子の人数は昇の十分の一にすぎなかったが、それでも尋常な数ではなかった。そこで昇が提案をした。誰をも愛することのできない二人がこうして会ったのだから、嘘《うそ》からまことを、虚妄《きよもう》から真実を作り出し、愛を合成することができるのではないか。負と負を掛け合わせて正を生む数式のように。

この大そう科学的な、人工的恋愛の提案は顕子の心を動かした。

「それにはどうしたらよくって？」

「会わなければいいんだ」と昇が言下に答えた。

「もう二度とお目にかからないなら、あなたにとっても、私にとっても、いつもと同じことになってしまうわ」

「手紙とか、電話とか、電報とか、会わないですむあらゆる手を使って、お互いに苦しめ合うようにしたらいい。本当に愛し合えたと思ったときに、又会えばいいんだ。そうしたらそのとき多分、僕は君を感動させることができると思うよ。僕はきっと近いうちに、東京の生活を切り上げて、山の中の現場へゆくだろう」と彼はさっきの決心をすぐ口にした。

そしてはじめて女に、本物の名刺をさし出した。電力会社のアドレスが書いてある。

「ここへ手紙をくれれば転送してくれる。僕もむこうへ行ったら手紙を出すだろう」

女も小さな自分の名刺を出した。

昇はタクシーで顕子を家まで送った。午前二時であった。

月が明るかったが、風が強くなっていた。二人は手を握り合い、口をきかなかった。

雨戸を閉めた町に街燈《がいとう》が晃々《こうこう》と照って並んでいる。街路樹が風に揉《も》まれている。顕子は車の窓をすっかりあけて、風に顔をさらした。

いつも自分の無感動にしか勇気づけられなかったこの不幸な女は、或《あ》る別のものが自分に新たな勇気を与えるのを感じた。昇も同様で、これほど嫌悪《けんお》がおのれに還って来ない清浄な別れは比べるものがなかった。お互いが相手の中にたしかな孤独を発見していた。顕子ももう、莫迦《ばか》げた話題を選ぶ義務を感じない。

顕子が運転手に停車を命じた。平気で良人《おっと》の家の門の前に停めさせたのである。下りぎわに彼女は唇をさし出し、接吻するとき、貪《むさぼ》るように目をあいていた。それから昇の指にすばやく自分の指を複雑にからめ、じっと男を見て、指を強く引き去って、門の中へ駈《か》けて入った。犬の吠《ほ》える声がしばらくし、やがて静かになった。こんなやりとりのあいだ、運転手は道のむこうへ行って小用をしていた。

昇がそこから四五丁しか離れていない我家へかえると、年老いた召使が目をさまして来て、彼を出迎えた。召使は若い主人のこれほど活々《いきいき》とした顔つきを見たことがなかった。『きっといよいよ気に入った婦人をお見つけになったんだろう。家にも、どこの馬の骨だかわからない若奥様ができるわけだな』――昇が部屋に落ちついて考えたことは別のことだった。祖父から譲られただだっぴろい家を処分して、あの召使に退職金をどれだけやるべきかを考えていたのである。

朝の来るのは待遠しかった。出社すると、すぐ上役の机へ行った。

「僕を奥野川ダムに行かして下さい」

上役は目を丸くし、この今まで特別扱いをされていた青年が、技術者の良心にめざめたことを大いにもちあげて、賛同した。人事課長はそれをきいて首をひねったが、直接呼んだ昇の口から決心の固さを知ると、本社にいて周囲から目ざわりな存在と思われなくなるだけでも、昇のためだと考えた。

異動があって、辞令が下りた。暗い廊下で昇は浮かぬ顔の瀬山に会った。

「やあ向う三年間一緒だね。僕も奥野川ダムだ」

と彼の肩を叩《たた》いて昇が言った。瀬山はびっくりして、物も言えずに、昇の顔をつくづく眺めた。青年はひどく朗らかな顔をしていたが、瀬山はこの冷たい流竄《るざん》に、彼および昇を支《ささ》えていた城所九造の権威の瓦解《がかい》を見たのである。

第二章

昇の出発は瀬山よりも十日遅れた。彼は見送りを断わって一人で夜行で発《た》った。あまたの広告燈《こうこくとう》のために赤く染まった都会の空が遠ざかると、この自由な孤児は、自分がどんな生活の中でも物に動じないだろうという確信に心が浮き立った。酒場リュショールや、女たちや、放浪や、数しれぬホテルの夜や、そういうものへの訣別《けつべつ》も、その訣別までには紆余《うよ》こそあれ、決して自分にとって大袈裟《おおげさ》なセンチメンタルな変革ではないという考えが彼の気に入った。

こうして十月下旬のある朝、新潟県のK駅に、祖父の外遊先のさまざまなホテルのラベルを貼《は》った形見のトランクを提《さ》げ、皺《しわ》くちゃなレインコートを着た昇が下りた。粗《あら》い箒《ほうき》の掃目ののこったホームに、改札口がはっきりした影を落している。さしこむ朝陽《あさひ》には秋らしい麦いろの埃《ほこり》が舞っている。出迎えの瀬山は帽を振った。

「ようこそ。私はもう倦《あ》き倦きしているんです。一週間で結構です、こんなところ」

と挨拶《あいさつ》もそこそこに瀬山が言った。

「城所さんみたいな贅沢《ぜいたく》な坊《ぼっ》ちゃんが、どれだけ辛抱できますかねえ」

「僕だって軍隊生活をしているんですよ」

「たった三週間でしょう」

何もかも知っている瀬山がそう言った。

「これでも僕は土木技師なんだ」

「そうして私は憐《あわ》れな宴会屋ですよ」

――駅の前には英国の農業用小型車ランドローヴァー、状《さま》はジープに似た無恰好《ぶかっこう》な幌車《ほろぐるま》が待っていた。それでダム地点《サイト》まで四十二粁《キロ》をゆくのである。

「荷物はこれだけですか」

「あとから蒲団《ふとん》や何かがチッキで届きます」

――ランドローヴァーはK町を脱けるまで道路工事の凹凸《おうとつ》の上を揺れた。ダムのために県道が方向を変えられつつあるのである。道ばたで子供たちが工事の砂で砂遊びをしている。そして工事の間も自分の家で砂遊びができるように、かれらの親たちの遣口《やりくち》をまねて、蜜柑箱《みかんばこ》一ぱいに盗んだ砂を、やがて取り壊《こわ》される自分の家のほうへ、せっせと運んでいた。

昇は高等学校のときスポーツもやったけれど、グラウンドやフィールドやコートのような幾何学的に区切られた自然のほかには、さして自然の必要を感じたことはなかった。ずいぶん旅行もしたが、風景はすぐ脳裡《のうり》から消え去った。

そこでランドローヴァーが山道へかかるまで、自分が蘇《よみがえ》った人間の目で自然を見ることになろうとは、彼の予期しないところであった。

北陸は紅葉のさかりであった。峠までだけでも百八十九カ所のカーヴを持つ自動車道《みち》は、頂きから裾《すそ》まで闊葉樹《かつようじゅ》に包まれた紅葉の山々の中腹をめぐっていた。紅葉には雑多な色があった。しかし緑を悉《ことごと》く失った山は、生命力の涸渇《こかつ》から来る華麗な病気にかかったように見えた。

昇は山気を含んだ清洌《せいれつ》な空気を呼吸しながら、自然との交感と云《い》おうか、ゆくてゆくてに自然が彼の暗示をうけ、彼の内的なものの一種の予示のようにあらわれてくるさまにおどろいた。今まで自然が彼にこういう言葉で語りかけたことはなかったのだ。昇の感覚の凡庸さは、人が紅葉の眺《なが》めを美しいと云えば、美しいと思って眺めることができた。しかし今ではそれが少しも美しく見えなかった。この色彩の濫費《らんぴ》、この涸渇の誇示は、ほとんどグロテスクに見えたのである。

「この道路はもとからあったことはあったんですってよ」といきなり瀬山が、昇の頰《ほお》に煙草《たばこ》の脂《やに》くさい息を吹きかけて言った。「県道だったのを、我が社で修理拡張して、もう三億かけているんです。雪の前に完成すればよかったんだが、どうも完成は来年の夏になりそうですね」

そのとき紅葉の山々のはざまの空に、崇高な山があらわれた。駒《こま》ヶ岳である。銀山三岳の一つであるこの山には紅葉の片鱗《へんりん》もなく、紫紺のあらわな山頂の部分に、数条の白い糸のさまをした雪がかがやいていた。二三日雪がつもって、また消えたあとである。駒ヶ岳は孤独な肩をそびやかし、空の青い深い静けさを、その存在で護《まも》って立っているように見えた。地上的なものに触れて低い山々は紅葉しているのに、この山ばかりは地上にただ基底を託して、半ば天界に属していた。それは一つの不動の思想であった。

美しいのは、少くとも俺《おれ》に美しく思われるのは、超絶的な自然だけだ、と昇は感動して思った。彼の内的なものとは隔絶し、しかも彼のもっとも内的なものだけを動かすような、そういう自然。……

ランドローヴァーはたゆみなく昇った。熟練した運転手は相当のスピードでつぎつぎとカーヴを切った。遠い尾根をこえてここから遥《はる》か高く見える道の末端は、そこまでゆくと同じ迂路《うろ》のつながりでしかなかった。海抜千二百六十米《メートル》の峠に着いて、一服するために瀬山は停車を命じた。ここには東南と北西の両側の展望があり、年に一二度しかない恵まれた日に当れば、北西の果てに佐渡ヶ島を見ることができた。

周囲には橅《ぶな》、楢《なら》、栃《とち》、などの紅葉があり、おびただしい芒《すすき》の穂は、わずかな熊笹《くまざさ》の上に秀《ひい》でていた。北のほうに一つの川の源の隠れている暗い影になった山襞《やまひだ》が見えた。

「まったくどこにも人間の臭《にお》いがしませんね」と瀬山が言った。「ただ、われわれの来た方角から、谷ぞいにずっと送電線がのびて来ていますね。あれが呆《あき》れたことにダムサイトまで蜿蜒《えんえん》と届いて来てるんですな。ところがあれを見るとわれわれ事務屋にも、科学の人間味みたいなものがわかるんですよ。あれが人間的な絆《きずな》なんですな。人間的なものを、ああいう無愛想な鉄材や電線で以《もっ》て作りあげ、また見る人の目にも、その結果、あんな鉄材や電線の、ここから見ると小さな玩具《がんぐ》みたいなものから、人間的なものを聯想《れんそう》させるようになるんですね。土人なら、あれをただ、鉄や石としか思わないでしょう。質料しか見ないでしょう」

昇のひろげている地図に、瀬山の煙草の灰が落ちて転《ころ》がった。

瀬山は「人間的」という言葉が好きだったのである。この頑丈《がんじょう》な体軀《たいく》の小男にとって、この言葉は、自分の家族から国際政治にいたるまでの一連の紐帯《ちゅうたい》をなしていた。彼は何でもごちゃまぜにして、この一語に放り込むのであった。

昇は黙っていた。瀬山のいうように別に科学者だからというわけではないが、彼が何ら人間的な媒介なしに、質料そのものに熱中できる確信を得たことを、瀬山に話してもわかるまいと思ったからである。

「ダム地点《サイト》はあの方角ですね」

と昇は、紅葉の谷が幾重にも衿《えり》を重ねている東の方を指さした。

「そうです。もっともここからは見えっこありませんがね」

尾根をこえて下降してゆく送電線は、谷ぞいに低い山々の彼方《かなた》へ消えていた。

「ああ、大先生が生きておられたらなあ。貴下《あなた》も私もこんなところへやられないですんだろうが」

「そうかなあ。お祖父《じい》さんが生きていたら、もっと早く、僕はダムへやられたろうと思いますよ。僕自身の意志には関《かか》わりなく」

「そうだ。今や貴下は御自分の意志であそこへ行くわけなんですな。技術者の幸福よ！　そこで貴下の抱負を承わりましょうか」

「僕は見ない先から、ダムに惚《ほ》れてるんです」

「見るも見ないも、ダムはまだ出来かけてもいないじゃないですか」

「だから見たあとの幻滅もなくてすむでしょう」

「未来を確信できるんだからな。羨《うらや》ましいな、あなた方は。こんなお先真暗な時代に」

この見当はずれの忖度《そんたく》は昇の気持を愉快にした。前にも言うように、昇は一度たりと明日《あす》を思って生きたことはなかったからである。

雲が出て来て、山々は翳《かげ》った。するとすがれた紅葉の部分は、凝結した血潮のように黒くなった。あの官能的な生活のあとに、こういう気味のわるい自然の色調に出会うことは、決してたのしい暗合ではなかった。彼は駒ヶ岳を仰いだ。その紫紺の頂きは彼の心を清め、昨日《きのう》がもはや拭《ぬぐ》い去られて、何の痕跡《こんせき》もとどめていないという確信を抱《いだ》かせた。彼は魂を用いずに、あの生活をくぐり抜けて来たのであった。

ランドローヴァーは下《くだ》りの道をいそいだ。白い地衣の生《は》えた橅の巨木がところどころに立っている間を、坂道は甚《はなは》だしい迂路をえがきながら下りた。ようやく山に囲まれた小さな村と、その中央にある石抱橋《いしだきばし》が見下ろされた。橋下をくぐる喜多川が十粁あまり先で、奥野川と合流するところがダム地点《サイト》である。

ここからダムサイトまでの間で、明暦年間に銀が採掘され、銀山の坑夫たちが千軒あまりの聚落《しゅうらく》を作り、傾城《けいせい》さえいたのであったが、死者が出ると、骨は眼下の骨投沢《こつなげざわ》へ投げ捨てられる慣わしだった。山奥の一段とあざやかな紅葉が、骨投沢を彩《いろど》っていたので、その眺めはいかにも傾城たちの墓にふさわしかった。

ランドローヴァーは石抱橋を渡り、やがてダムが完成すれば水に覆《おお》われる地点に入ったが、行手に十粁を残すだけになった平坦《へいたん》な道は、そこから俄《にわ》かに川幅のひろくなる喜多川のほとりを通っていた。喜多川の対岸には、ところどころに紅葉のあいだを落ちてくる小滝があった。

もしダム工事がはじまらなければ、ここらはもっとも純潔な自然の一部であった。熊《くま》や羚羊《かもしか》は今も稀《まれ》に姿を見せるが、十年前までは、野猿《やえん》の群がけたたましく啼《な》き交《か》わしながら、梢《こずえ》をたわませて渡るのであった。町から美しい娘をさらって来て、追手をのがれてこの里に隠れたまま、ついに誰にも妨げられない二人きりの生涯を送った老人は、まだ生きていた。

いわばそこには「見られない」自然があった。ダム調査の先発隊がリュックを背負い、ゲートルを巻いて、山々を県道づたいに歩いて来てから、ここは「見られた」自然になった。存在の仕方が変ってしまった。そればかりではない。ダム上流十粁までがやがて水底に沈むだろう。人の視線など気にかけたことのない娘が、やがて見られ、誘惑され、身を沈める羽目になるように。

今やここの自然は有効な質料に変貌《へんぼう》したが、それまでの無効の自然の美は、まだ山や川の表情に残っていた。川水の清冽さには、何かまったく自分の効用を意識しないものがあった。ダムができるまで、技師たちはこのような隔絶した自然と、どこまで折れ合ってゆくことができるだろうか？『俺になら出来そうだ。こういう自然こそ、俺の友達だということを、俺は知っている』と昇は思った。

山小屋風の宿舎と木造の二階建の事務所と、二三の家との群落が、前方の荒れ果てた野の只中《ただなか》に見えだした。それは二つの川の合流点の三角地帯に、いかにも原始林をそのまま切り拓《ひら》いたさまの落莫《らくばく》たる空地を控えていた。赤い蔦《つた》のからんだ半ば朽ちた橅の樹《き》の数本が、空地のはずれの芒野《すすきの》に立っている。川を隔てて左右から低い嶮《けわ》しい山が迫っている。

「まず技師長に挨拶して行きましょう」

と瀬山が言った。車を下りた昇は、宿舎に鞄《かばん》を預け、その足で瀬山に従って、事務所の真新らしい木の階段を昇った。

窓からの四角い日ざしが、丁度正午ちかかったので、窓ぎわ毎《ごと》に短く切った光沢紙のように貼られていた。日のあたる棚《たな》に置かれた書類は、埃を浴びて、暖い色に変色している。螢光燈《けいこうとう》を施した製図用の机。鉱物見本。地質図。丸く巻かれた沢山の設計図。……

林技師長は廻転椅子《いす》から立って昇を迎えた。汚れた背広にゲートルを巻き、顔はよく日に灼《や》けて、椅子が思わず解放の叫びをあげたほどの巨軀《きょく》である。

「やあ城所君、君にぜひ来てほしいと思ってたびたび催促していたんだが、本社がどうしても手離さないので弱ってたんだ。今は何よりも優秀な人材がほしい段階でね。その次は金と機械さ」

この歓迎の祝辞がすむと、技師長はいきなり別の話題に移った。

「それはそうと、今、越冬の準備で転手古舞《てんてこまい》なんだ。もし雪の来る前に道路が完成していれば、よかったんだが、雪のおかげで十一月の末には交通が杜絶《とぜつ》することになるんだよ。ここに最低十人は残ってもらわなくちゃならん。来年の冬は、道路も完成するし、工事も始まるから、問題はないわけだが、この冬だけは、雪の調査と気象観測に山ごもりをしてもらう犠牲者が必要なんだ。交通杜絶と云ったって、問題はあの峠の附近なんだよ。明神沢の北側がなかなか雪が融《と》けない上に、あそこが吹きだまりになるんだそうだ。困ったことに越冬の経験ははじめてだし、来年の雪解けまでかえれないとなると、誰も尻込《しりご》みするんでな」

「もうその十人は決ったんですか」

昇のこの質問に、瀬山が大そうおどろいて昇の顔を見た。技師長が、

「目下銓衡《せんこう》中でね。第一に志望者、それで足りなければ、いろいろ事情を斟酌《しんしゃく》しながら、話し合いで残ってもらう他はないんだが」

昇は実に淡白に次のような申出をしたが、こういう時の彼の投げやりな口調には、

人を魅するものがあった。

「僕は実は、越冬させてもらいたいと思って、ここへ来たんですが」

少しも愕《おどろ》いた顔をせずに技師長はこう言った。

「だって君、六カ月だよ」

「ええ、平気です」

「いい覚悟だ。ここに必要なのは冷静な猪武者《いのししむしゃ》なんだ」

こう言ってから昇を改めて見た技師長の目は、すっかりちがっており、彼がこの青年に惚れ込んだことを、まことに律儀に告白していた。実際昇の外観には或《あ》る単純さがあって、単純な人の目には単純なままに映る利点をもっていた。昇はここでも、あのリュショールのマダムの加奈子のように、その人の前で安心して自分が一人ぼっちになれる知己を発見したわけである。

越冬は昇にとっても、あまり予期しない事態だったが、そう答えた彼には、あの都会という無人境に生きてきた男の、孤独に関する確信があった。

「そうだ、若い技師たちが現場からかえってくるのは暮れがただから、それまで瀬山君に現場を案内してもらいなさい。今夜は君の歓迎会ということにしよう」

技師長は東むきの窓をあけて、昇にそこからすぐ目近に見える山の断崖《だんがい》を指《さ》し示した。崖《がけ》は斑糲岩《はんれいがん》の岩肌《いわはだ》をあらわし、ところどころに紅葉をあしらっていたが、頂きには育ちのわるい針葉樹が、まばらな睫《まつげ》のように空をふち取っていた。

「あの山はもう福島県なんだよ。あの山裾《やますそ》を流れている奥野川の流心が国境《くにざかい》だ」

川は高草に遮《さえぎ》られて見えない。耳をすますと、川音だけがその露《あら》わな岩肌に反響してつたわった。


宿舎の二階に部屋割が決る。瀬山は落着かない。昇の心事がどうしてもわからないという風《ふう》である。当り散らすように、こう訊《き》いた。

「あなた失恋でもしたんですか。越冬なんて、蛙《かえる》じゃあるまいし、尋常な人間に我慢できるもんですか、冗談じゃない」

「あなたの思ってるほど、僕は尋常な人間じゃありませんよ」

「そりゃあ大先生の御血筋だからそうでしょう。しかし独《ひと》り者ってものは、まったく妙なことを考えるもんだな。私は東京でも、独り者の運転手のタクシーには乗らないようにしているんです。危いから」

夕刻、若い技師たちは、測量や地質調査や原石調査の仕事からかえって来た。風呂《ふろ》に入って、かれらは食堂へ集まった。「服装清潔」とか「手洗励行」とかの貼紙《はりがみ》のある、食卓の上には白い花瓶《かびん》にK町からもってきた大輪の菊を活《い》けた、学校の寄宿舎ふうの食堂へ。

昇の赴任の噂《うわさ》は、夙《つと》にかれらのあいだにひろまっていた。城所九造の孫で非常な秀才、しかし本社ではごく附合のわるい男。これだけで前評判は十分だったが、昇には自分に関するどんな概念をも裏切ってしまう天賦《てんぷ》があった。そこでかれらは、蒼白《そうはく》な顔をした冷酷な秀才肌の男の代りに、浅黒い肌に一種の素朴さをたたえた気持のよい一人の青年を見たのである。その顔に残っている逸楽の疲れのようなものは、誰にも気づかれなかった。

昇はというと、そこに集まった顔の若さに喜びを感じた。或る者は昇より年長だったが、多くは同年か後輩である。理想家肌の顔、若さがあらゆる形の不平不満になった口を尖《とが》らした顔、いつも滑稽《こっけい》なことを言おうと身構えている学生らしい顔、気負い立ったあまりに陰鬱《いんうつ》になった顔、世間的に砕けすぎた顔……。

昇は控え目に話した。技師長が彼の越冬の意向を伝えたときに、一座には俄かに親しみが湧《わ》いた。

「それじゃ俺たちと一緒ですね」

とひどく赤い頰をした田代という若者が言った。本当の技術者にとってしか自然でない生涯持ちつづける子供っぽさを、彼は早くもその年で用意していた。

「それはそうと、城所君はスキーはできるね」

「できます」

「そりゃあよかった。スキーができない人に、越冬をさせてあげるわけには行かない」

一同は、中学の先生がよく濫用《らんよう》する技師長のこんな反語に、素直に若々しい笑い声を立てた。越冬者の一人が、スキーも女の子とするならいいが、一人でやったってつまらない、と言った。彼は昇のほうを見て率直に言い添えた。

「城所さんみたいに、しばらく本社にいた人ならいいですが、僕なんか学校を出るとすぐ、ここへ引張られて来たんですからね」

昇は佐藤というその青年の顔に、一種の青春の合言葉を見た。焦躁《しょうそう》、逸楽への憧《あこが》れ、埋もれた若さ、純潔さの自己嫌悪《けんお》。しかもそういうものを、佐藤といくつもちがわぬ若さで、反対側から眺めている自分を昇は感じた。佐藤がまっとうに覗《のぞ》いている望遠鏡を、昇は反対側の、大きなレンズのほうから覗いていたのである。

頰の赤い田代が結論を下した。

「いいさ。越冬の苦労も、ダムがいつか完成するときの喜びで差引になるさ。ダムをしっかり心の中に描いていれば、辛抱できるさ」

昇は卒然として、そこにいる青年たちと自分とのちがいに気づいた。彼らはダムを理想や希望やさまざまな観念に転化しながら彼らの内部に抱いているのだが、昇のダムは外部にある。昇は自分の内部に決して理念を探そうとはしていなかった。外側に屹立《きつりつ》している純粋に物質的なダム。みんなと一緒に、昇はしかし別なダムを作るだろう。

あくる日瀬山はランドローヴァーでK町へかえった。ダム地点《サイト》を見学に来る有象無象のいわゆる名士を、饗応《きようおう》する役目があったからである。

ここでは昇の毎日がはじまった。夜のひきあけと共に彼は起きた。朝の軽い体操が、これから東京でのあの幸福な日曜が永遠につづくような予感を彼に与えた。深呼吸はすばらしかった。空気は果実のように冷たく歯に当った。

昇が重宝《ちようほう》に思われているのは、彼のさまざまな技能のうちから、わけても設計の才能であった。道路完成を待ってすぐ着手される仮設備計画の設計が、今日からその仕事の持場になるのである。ダム本体の設計は、夙に本社で出来上っていたが、仮設備の基礎設計は、緻密《ちみつ》な地形測量のもとに、現場で描かれる必要がある。

ダム本体の施工《せこう》に先立って、まずダムサイトの上流にコンクリートの壁をしつらえ、この仮締切によって堰《せ》き止められた水を、河岸の山の地底をくぐる仮排水トンネルによって下流に流し、ダムそのものが完成するまで、こうして工事現場から水を排除して置かねばならない。又コンクリートの芯《しん》になる骨材《こつざい》と呼ばれる大小の砂利は、附近で採れる原石を、クラッシング・プラントで砕いて作られるから、まずそのクラッシング・プラントの基礎設計がされなければならない。ミキサーで練られたコンクリートを、打込現場まで持ってゆくためには、ケーブル・クレーンで宙に吊《つ》って持ってゆく方法がふつう行われるから、このケーブル・クレーンの基礎設計もされなければならない。昇はまずこういうものの基礎設計にたずさわることになった。

……広庭には人夫たちが各班にわかれて、各班長の技師の引率を待っていた。技師長が昇を五人の人夫の一班に紹介した。かれらはこの新顔の班長に、軽く頭を下げて朝の挨拶《あいさつ》をした。今日は昇が設計のための最初の地形測量に出るのである。

人夫たちはトランシットやレベルや、箱尺《スタッフ》や紅白の棒《ポール》などの測量器具を担《にな》っていた。

昇は朝の光りのなかで、これらの器具を点検した。

昇のいでたちは、あの灰色の通勤服とも、夜毎の伊達者《だてしゃ》の派手な背広ともことかわり、朝の出発のためにそこに居並んだ人たちと同様、ジャンパアと丈夫なカーキいろのズボンとゲートルと、日本の偉大な発明の一つである地下足袋《たび》とで身を固めていた。彼はどこから見ても一人の若い土木技師にすぎなかった。こんな必要かつ十分な職業的服装をすることで、昇はかつてないほど本当の任意の人間になっていた。考えてみれば今までだって、実際任意の人間が、新柄のネクタイに関知したりするのは可笑《おか》しなことだったのである。

遅れた頬の赤い田代が、黒表紙の三冊の野帳をかかげて、昇のところへ飛んで来て、班に加わった。それはトランシット・ブックとレベル・ブックと坑外野帳の三冊である。彼は道案内をかねて昇を助け、班の野帳マンになるのであった。

ダム地点《サイト》は、昇の目に、きのうと同じ巍然《ぎぜん》としたその姿を現わした。殺《そ》ぎとられたような対岸の高大な絶壁は、中生代の貫入した深成岩から成立ち、上方には粘板岩を、一部には礫岩《れきがん》を、その大方《おおかた》は斑糲岩の断層を示していた。橅《ぶな》や楢《なら》は裸の山肌のそこかしこを覆《おお》い、松はあやうく断崖に懸《かか》っていた。すでに調査横孔が点々と穿《うが》たれ、百五十米《メートル》の高さのダムの形は、絶壁に巨大な楽書のように、白線でもって描かれていた。

こちらの岸には工事用の道路がすでに完成し、そこから見上げる対岸の高さは人を威圧した。ケーブル・クレーンはその対岸の絶頂とこちらの山頂とを水平に結ぶ筈《はず》であった。眼下には紅葉に包まれた奥野川が、冷たい豊かな川水を流していた。ここらあたりは激湍《げきたん》をなす岩叢《いわむら》に乏しいのである。

旭《あさひ》は対岸の絶壁の端に切り取られ、まだかすかに立迷っている朝霧のために、木立を透かして幾条の白い光芒《こうぼう》をなしていた。その穂先は人気《ひとけ》のない工事用道路から、川のほとりの高草のあたりへまで落ちていた。

昇はダムがやがてそこを埋める筈の巨大な三角形の空間を見た。

やや眺め方を変えてみれば、この風景は廃墟《はいきょ》の自然を思わせるものがあった。それは巨大なものが頽《くず》れ去ったあとともみえ、三角形の空間は旭に透かされたわずかな霧のなかから聳《そび》え立ち、深い解放感に休ろうているように見えた。しかもそれは自然のなかの任意の空間ではなく、廃墟の空に似た新鮮なみずみずしい特定の空間で、いわば空間が純粋な空間によって充実していた。……

「さあ行きましょう。そこから山へのぼる道があるんです」

と野帳マンの田代が促した。

昇の毎日がはじまった。晴れた日は測量にゆき、雨の日は、中世の図書館のように設計図を巻いて沢山棚にならべた事務室で設計に従事した。

生活はすべて快適に運んだ。若い技師たちの誰とも友だちになり、「附合のわるい男」という彼の風評は、真赤な嘘《うそ》だということになった。実際本社でも、昇が一人きりで姿を消す夜の生活がなかったら、そういう風評は生れようがなかったのである。それにしても昇は事実ここの生活を愛していたから、共同生活に対する愛情など、皆に等分にゆきわたるものはないわけで、誰しもこの新参が、ここの生活を真向から肯定しているのを見て、愕いたり喜んだりせずにはいられなかった。しかし城所九造の孫が、かねてカロリー不足を本社へ訴えられていることの食事の、粗末な味噌汁《みそしる》をうまそうに啜《すす》るのを見ては、意地の悪い観察を働らかせれば、祖父の血統をついだこの青年が、労務管理の不備を自分の犠牲によってすら誤魔化してみせるという、怖《おそ》るべき資本家精神の持主のように思われもした。だが、思い返せば、よほど修養のできた人物でもないかぎり、毎朝まずい味噌汁を、いかにもうまそうに啜る芸当ができるものだろうか？

昇と同室になった田代は、早くも昇に全幅の信頼をかけていた。昇の測量ははじめから正確で、計算は迅速であった。夜、部屋にかえると、仕事を離れた昇の話題はいかにも豊富で、およそ莫迦《ばか》げた小話のようなものを数しれず知っていた。それは昇がリュショールの加奈子から仕入れ、そのときどきの女との附合の暇潰《ひまつぶ》しに使っていたものを、ここで好奇心に富んだ新鮮な聴手を前に、復習してみせたにすぎなかった。しかしたちまち昇の部屋には、退屈した何人かが集まり、およそ軽妙さというものの片鱗《へんりん》もない生活のそれが大きな慰めになった。

昇はときどき自分が悔悟した者のような顔つきをしているのではないかと、嫌悪にかられることがあった。ここは決して修道院なんかじゃないのだ。ひたすら善行を施し、ひたすら他人の光りになって、過去を償ったりするつもりで、ここへやって来た昇ではない。みんなに尊敬され、好かれたりする必要はみじんもないのだ。そう思って、ある日陰鬱を装《よそお》い、誰とも口をきかぬように心掛けるが、この戒律は彼自身から大てい破られた。彼は自分にこれほど波立たない、これほど平静な幸福の才能があったのを、今なお疑わしく思っていたのである。

来て三日目に、もう調理場で働らいている土地の娘が、昇の皿に盛りを多くし、とうとう妙な手紙を部屋の机の本の間にはさんでおくようなことをはじめた。彼女は血の気の多すぎる顔に、まるで不釣合の抒情《じょじょう》的な目鼻立をしていたが、若いおぼこな技師が、或《あ》る女優に似ているなどと言ったので、日夜もちあげている大きな重い鍋《なべ》よりもっと重い自信を持ってしまった。

昇はこの大それた手紙を読み、何の表情もうかべずに、燐寸《マッチ》の火でていねいに焼いて灰にした。みんなに迷惑がかからないために、そうしたのである。彼は大学時代に同じようにして或る手紙を焼き捨てたことを思い出した。それは祖父と共に一三度招かれた旧宮家の妃殿下が、流行の婦人解放に目ざめて、無署名でよこした恋文だったのである。

昇はかつての自分の生活が、ここの誰にも見破られていないことにほとほとおどろいた。遊び飽いた人間というものには、一種独特の匂《にお》いがある。遊び人同士はお互いの嗅覚《きゅうかく》ですぐそれを嗅《か》ぎあてるが、ここの人たちは本社の堅造の技師たち同様、昇のこれまでの私生活を、無色透明なものだと思い込んでいるらしかった。田代がいつかこう叫んだものだ。

「だって城所さんにも恋人があるだろう」

かれらはあの二十五貫の技師長が後輩を招いた酒席で、滔々《とうとう》とお惚気《のろけ》を話すあの遣《や》り口《くち》でなければ、何も信じないようにできているらしかった。

顕子の手紙が来た。その日もまことによく晴れていたが、設計の仕事をいそいでいたので、昇は終日事務室にいた。仕事はひどく捗《はかど》らなかったので、本棚のところへ行って、何の関わりもない本の頁《ページ》を、かわるがわる飜《ひるが》えした。地質工学、測量学、バーローの数表、応用力学ポケット・ブック……。

昼休みに昇は一人で散歩に出た。ここへ来てはじめて一人になったと云《い》っても過言ではない。

『俺はまさか嫉妬《しっと》なんて莫迦げたことをはじめているんじゃないだろうな』

これは多くの月並な小説の主人公が、嫉妬をしはじめるときに口吟《くちずさ》むお定まりの独白である。しかし昇には、世間にざらにありそうもない特殊の事情があった。彼と顕子は人工的な恋愛の契約を結んだのであった。もし早速昇が嫉妬を覚えれば、彼は自分もその荷担者である人工的な心理に真先に自分が欺《だま》されたことになる。今まで一度として嫉妬を知らない昇も、本物の嫉妬よりも、むしろこの自分で作った罠《わな》に一番先に自分が落ち込む醜態のほうで、一そう深く自尊心を傷つけられる筈だ。

手紙は、あの契約によれば、相手を苦しめるためならどんな嘘をついてもよいことになっている。しかし嘘にしては実に真率なものが文面にあふれていて、その真率さをも嘘だと思わねばならぬことが昇を傷つけた。顕子はこう書いていた。又もやもとの生活に立ち戻って、絶望から絶望へ——自分を喜ばせず、置きざりにし、しかも最後に自分を憎悪《ぞうお》の目で見つめる男から男へ——の生活をつづけていること。とはいえ、その男たちは次々と忘れるが、昇のあのときの憎しみを知らない表情のやさしさだけを、毎日思い暮していること。あのやさしさこそは人生の愕《おど》きであったこと。

『こんな手紙はみんな嘘だ。俺を苦しめようと思って、こんな名文を編み出しただけなんだ。俺を苦しめることなんかできるものか。不死身の、決して嫉妬を知らない俺を』

昇は奥野川の上流へむかって、人一人通らない川ぞいの径《みち》を歩いていた。紅葉の林を抜け、白い広大な芒野《すすきの》に出ると、その芒野の中央にも、置き忘れたように、一本の真紅の楓《かえで》があった。

ここらはいずれ、ダムの完成と共に水底に沈む地域である。畑へ出た。痩《や》せた土は貧しい大豆を育てていた。そのとき川ぞいの芒の草むらから、鶺鴒《せきれい》が低空を切って飛び翔《かけ》った。

彼は川岸へ下りて、対岸の福島県の稜線《りょうせん》のきびしい山々の肌を見た。頂きに近いあたりは斑《まだ》らで、裾《すそ》は密生した紅葉である。川は隆起した川床のために瀬をなして、ひときわ音高く流れている。

昇は音の所在を探した。瀬の音だけではなさそうである。見ると対岸の山の紅葉のかげに白いものが佇《たたず》んでいる。滝が落ちていたのである。

彼は何となくその小滝を顋子に似ているように感じ、散歩にはほどほどの距離だったので、又ここまで来てみようと思った。

第三章

瀬山は滑稽《こっけい》な思いちがいをしていた。リュショールで昇と一緒に呑《の》むときに、あまりそこの女たちが昇に親しげな口を利《き》くことから、昇と彼女たちの関係が只《ただ》ではないと睨《にら》んだのである。

明日《あす》からの一泊の帰京を前に、彼はわざわざ忠勤をはげんで、昇の言伝《ことづ》てをききに来た。昇はきのうたまたまリュショール一同から手紙が来たところだが、返事は別に出すから、立寄ったらよろしく伝えてくれ、とそれだけ答えた。この「よろしく」をひどく意味深長に解した瀬山は、重々しい口調で引受けたのち、こう言った。

「私もね、越冬の時期になれば町の事務は少なくなるし、これからは東京へもたびたび帰れるにちがいない。だからここはあわてて、女房子をK町へ呼び寄せる必要もないと思うんですよ。ろくな医者もない寒い土地へ、坊主《ぼうず》を連れて来るのは心配だし、呼び寄せるのは来年の夏までのばしましょう」

彼はこういう私事をも、相談ずくで打明けるのが好きだったので、さらに余計な註釈を加えた。

「それに女房はひどい冷え性でね」

昇は顕子の二度目の手紙を半ば怖《おそ》れていた。それで最初の手紙の返事を、数日置いてから書いた。

彼ははじめ嘘《うそ》の手紙を書くつもりでいた。向うが嘘をついているということを信じたいためには、こちらも嘘をつくべきである。この身勝手な策略は、次のような推理に立っていた。もしむこうの手紙が事実の直叙であったら、こちらの嘘の手紙をも事実の直叙だと思うだろうし、もしむこうが嘘をついていたのなら、こちらの手紙をも嘘だと思うだろう。自分が苦しんだようには顕子は苦しむまいという妙に謙虚な確信から、右とは逆の場合が成立ちうることを昇は力《つと》めて考えなかった。それにしても今まで昇の虚栄心が、自分の現にしている色事を隠すことはしばしばあったが、しても いない色事を数え立てる憐《あわ》れな虚栄心に、とらわれたことは一度もなかった。

書きかけた手紙を急に破って、昇は心にこう独言をした。

『嘘の手紙をこちらが書き、それを向うが、事実の直叙だと思うなら、こちらがありのままを書けば、却《かえ》って向うが、逆の想像に苦しめられることだってある筈《はず》だ。どっちが顕子を深く苦しめることができるだろう』

これはふしぎな経験だった。昇は今まで相手の同意のほかには、女の心の裏側などを考えてみたこともなかったのである。今考えるのは肉体のことではなく、心のことである。相手の心に或《あ》る仮定を立ててものを考える。こんなことをしていたら、世界は無限の「もしも」の中に埋もれてしまう。……昇は返事を書くまいと思った。

『俺《おれ》は生きてゆく必要上、何かを信じなければならないのだろうか』と、彼はあくる日の午休《ひるやす》みに、ふたたび一人で奥野河畔を上流へ辿《たど》りながら考えた。『苦い薬を呑み込むように、あの手紙を丸ごと信じ込むことが必要だろうか？　なるほどあの文面には、やさしい真実を述べた部分もあった。しかしそんな部分だけ信じようという甘さは、もう俺にはない。信じるなら、仕方がないから、丸ごと信じなくちゃ。なるほど、女の真実を信じることと、女の嘘を信じることは、まるきり同じことなんだ』

彼がこんな平凡な定理に、今さら感心するのはいかにも可笑《おか》しかったし、日ましにすがれた紅葉の下道を歩きながら、山ぞいにあがっている炭焼きの煙を見て、次のような平凡な感懐を抱《いだ》くのも、どうかしていた。

『人間はあんな風《ふう》にも暮すことができるんだ』

道のほとりには焚火《たきび》のあとがある。草がまだらに焼け、野蛮で新鮮な黒い灰の色を見せている。昇はそれに気をとられ、人々の踏み消したあとを、もう一度自分の靴で強く踏みにじってみたいという気持が起きた。灰は昇の靴底にきしみ、彼の足跡は、柔土にはっきりと描かれた。自分のそれだというのに、人間の足跡というものの、この紛れもない鮮明な形に、彼は力を得た。

道は急にひらけて、二百坪ほどの学校の広庭に出る。鞦韆《ぶらんこ》があり、シーソオがある。社《やしろ》のような茅葺《かやぶき》の小さな学校から、オルガンの音《ね》が洩《も》れている。そこは小学校と中学を兼ね、生徒は十人しかいないのである。

昇はオルガンの音《ね》をあとにしてさらにゆく。又広庭があって、山小屋風の小さな旅館がある。奥野荘というのである。ダム要員がいつかそこで酒宴を張ったとき、四枚と揃《そろ》った皿のないのにおどろいたそうである。今は泊り客がありそうにみえない。

昇は気がついて、例の滝を見にゆくのを忘れていたので、歩きにくい小径《こみち》を抜けて川べりへ立ち戻った。滝は黒ずんだ紅葉のかげに懸《かか》っていた。風が起り、落葉は吹き散らされ、細い滝は、身じまいを直すように、飛沫《ひまつ》を横ざまにかたわらの岩へ、散らした。

昇がさらに上流へ行くと、紅葉のなかに鮮やかな濃緑の一本杉の立っているあたりで、何か笑い声がきこえ、歌のような一ふしが谺《こだま》した。

耳をすました。歌は新潟の古いバラアド相川音頭《おんど》の一節である。合唱する声が若々しい。

……どっと笑うて立つ浪風《なみかぜ》の
　荒き折ふし義経《よしつね》公は
如何《いかが》しつらん弓取り落し
　しかも引き潮矢よりも早く……

昇はその歌のほうへ駈《か》けた。川音にまじって、水のはねる音がきこえ、煙がうっすらと紅葉のあいだから上っていた。川べりへ降りた昇はおどろいた。真裸かの佐藤に出会ったのである。

「やあ、ここが露天の温泉ですよ。今までここを知らなかったんですか」

佐藤は原石調査の班長であった。班の人夫たちを午休みにここへ連れて来て、一風呂《ひとふろ》浴びさせていたのである。

透明な湯は、岩組に守られた湯槽《ゆぶね》にそそぎ、溢《あふ》れた湯が川へ流れ落ちて、夥《おびただ》しい湯気を立てていた。裸かの若い人夫たちは湯の中から昇に挨拶《あいさつ》した。昇も平たい岩の上に衣服を脱いで湯に浸《つか》った。風呂のすぐかたわらを、奥野川の急流が流れ、風の吹くたびに、落葉は頭上におびただしく降った。湯から上ると、黄や紅の落葉は、若者たちの滑《なめ》らかな背の肉に貼《は》りついた。昇もそこで一緒に歌った。

入浴は彼の心を融《と》かし、その晩昇の書いた顕子への手紙は、世にも素直なものになった。

彼は実に素直な、ありのままの返事を書いたのである。ここにはついぞ女気のないこと、都会にいたときの自分とは別人のような生活を送り、しかもそれが永続できそうに思われること、仕事の合間には一人で散歩に出ること、顕子によく似た小滝を見つけたこと、その道すがら川ぞいの岩風呂に涵《ひた》ったこと。

——明る日からこの地方特有の、晩秋の短かい雨期に入った。瀬山はK町から人に託して、リュショール一同の大きな慰問品の包みを届けさせた。昇は夜、同僚たちの前でその包みをあけた。ジョニイ・ウォーカアの黒レベルが何本か転《ころ》がり出る。罐詰《かんづめ》の羊羹《ようかん》が出る。イエーガアのチョッキが出る。ボタニイのマフラアが出る。一瓶《ひとびん》のコニャクが出る。瀬山から交通杜絶《とぜつ》ときいて驚いたマダムが、御歳暮を一ト月早めて送って来たのである。こんな豪勢な慰問品におどろいている一同に、昇は惜しげもなく分配して、こう言った。

「祖父《じい》さんの世話した女が送ってくれたんだよ。古風で、義理堅くて、俺の親代りさ」

事実それにちがいなかったが、あくる日早速、自分に関する妙な噂《うわさ》を人づてにきいて昇はおどろいた。あれは多分隠れた母の贈物で、昇は実は九造の孫ではなく、妾腹の子だろう、というのである。

食堂で囁《ささや》かれたこの噂をいちはやく伝達したのが、例の調理場の土地の娘で、彼女は報いられぬ恋の怨《うら》みに、つんとした表情でそれを伝えた。いかにも昇に向って、こんな噂をたねに、『そんなにお高くとまりなさんな』と言いたかったものらしい。

越冬の準備は捗取《はかど》った。トラックは数カ月分の食糧を積んで雨のなかを往復した。越冬する若者たちは、K町でそろって健康診断をうけた。盲腸をすでに持たないこと、スキーの練達なことが越冬の条件で、昇は生来の健康の上に、たった一度の病気らしい病気であった盲腸炎が抜け目なく役立って、すっかりこの条件に叶《かな》っていたのである。健康診断に立会った瀬山は、診療室で所在なげに股火鉢《またひばち》をしながら、大声で言うのであった。

「なるほど盲腸のない点じゃ私も資格があるが、スキーなんか生れてやったこともないから、越冬はさせてもらえそうもないね」

「こちらでお断わりですよ。瀬山さんみたいに手のかかる人は」

とシャツを着ながら田代は言った。

「越冬すれば金があまるから、カメラぐらい買えるんだが。うちの坊主のアルバムを作るのは私の夢なのに、カメラひとつ買えないんだからねえ」

「これから急いでスキーを練習なさい」

と、微塵《みじん》も越冬する気のない瀬山を、田代がからかった。

「この年になって今さらできませんよ。スキーなんてあんなものは、金持学生の道楽ですよ。私の学生時代なんか、スキーどころじゃなかった」

その晩K町で、技師長が越冬者たちとの別れの宴をひらき、例のとおりの大演説を、田舎《いなか》芸者たちの前でぶった。冬のあいだ技師長はK町の事務所と東京の本社とを、行ったり来たりしてすごすのであった。

瀬山はこのところ少なくなった見学者の接待の代りに、越冬準備の責任者になって、K町とダム地点《サイト》とを往復していた。

昇は顕子の二度目の手紙をうけとった。最初の手紙とくらべると別人のようで、昇の書いた返事を映した鏡面のような手紙である。というのは、今度はほかの男のことには一言も触れていなかったのである。

顕子の筆蹟《ひっせき》は乾《かわ》いた印象を与えた。黒っぽいインキを用い、並よりも太いペン先を使っていた。純白の、罫《けい》のない、厚い洋紙の便箋《びんせん》には、彼女の良人《おっと》の家の紋章らしい下り藤《ふじ》が型捺《かたお》しになっていた。

彼女はたった一夜の思い出をつぶさに記《しる》し、それがすでに思い出になってしまったことを歎《なげ》いていた。はじめて、「会いたい」という言葉を使い、良人の目をぬすんで東京を離れ、何とかして会う手だてはないかと考えていた。心にふれるやさしさに溢れていても、それは大いに熱烈な、要するにありきたりの恋文だったのである。

われわれは何も恋文の巧《うま》さに動かされはしない。われわれを動かすのは概してありきたりな、しかし虚飾のない手紙である。顕子の手紙が正しくこの条件をそなえていて、昇の心をすんでのことで感動させそうになったので、この意地悪な青年は気を悪くした。

『こいつは全く文学的だ』と昇は思った。少なくとも、情緒のまるきり欠けた昇の文章とちがって、さりげない言葉の裏に、心をそそる情趣があった。

実に口惜しく思われるのは、顕子に感情の存在をみとめて愕《おどろ》くことが、昇が自分自身に感情を発見して愕くのと、同じことになってしまうという一事であった。顕子のあのほとんど超人的な不感不動に、彼自身の似顔絵、あるいはお手本を認めた昇が、今になって顕子にこうした情緒的才能を見出《みい》だすことは、自分の中にもそれを見出だすことと同じだったのである。それほど二人はよく似ていた。そして一等困ることは、顕子の弱さと昇の弱さとが同じものだと知ることであった。

弱さ?……昇は今度のすなおな顕子の手紙のほうで、一そう苦しんでいたのである。昇のいわゆる「文学的感動」が高ければ高いほど、この手紙はさまざまな疑心暗鬼をよびおこした。

『俺に見習っただけなんだ。俺の素直な返事を、第一の手紙に対する無言の抗議のようにうけとって、今度はすっかり態度を改めて、臭い物には蓋《ふた》をし、美しい感情だけを誇張するようになったんだ』

昇の心のうごきが、あれだけ女の数をあげた蕩児《とうじ》らしくないと云《い》って咎《とが》めてはならない。その必要もなかったので、少年期から青年期にわたる無数の色事のあいだに、昇は女に手紙を書いたことがほとんどなかったのである。よし書いても簡単な打合せの手紙で、むこうがそれをどううけとろうと、書く昇のほうには何の感情もなかった。その結果、昇は自分が相手に与えるのは肉体的感動だけだと考えることを好み、自分がもっと純粋な素朴な感動をも与えることを知らなかった。あの小滝や、沐浴《もくよく》や、孤絶した山の生活などについて彼の書いた返事は、決して巧い文章とは云えなかったが、第三者が読んでも素朴な感動を与えられたにちがいない。

……彼は顕子の手紙に顔を近づけた。すると故《ことさ》らそれに染《し》ませてあった香水の匂《にお》いがした。

何という香水か昇は知らなかったが、顕子はまことによく、彼女の香水を選んでいた。優雅で、暗く、澱《よど》んだ強烈な甘さの上に、人を反撥《はんぱつ》させるような金属的な冷たさを装《よそお》った匂いである。暗い庭を歩くうちにゆきあたる花のような匂いであり、しかもいくたびかの雨を浴びて、半ばすがれて、匂いだけが夜の動かない空気のうちに、漂っていると謂《い》った感がある。

その匂いから、顕子の肩を辷《すべ》り落ちた着物の絹の鋭い音や、白地の一越縮緬《ひとこしちりめん》に、肩からは藤の花房が垂《た》れ、裾《すそ》からは乱菊の生《お》い立っていた絵羽染が思い出される。それから闇《やみ》のなかにしらじらと浮んでいた美しい屍《しかばね》のような体が思い出される。……

こういう思い出から昇は突然嫉妬《しっと》にかられ、こんな香水を染ませたことが、清純そうな手紙の裏にあるものを、補足しているような気がしだした。そうして今まで一度も思ったことのない顕子の良人という男のことを考えた。

昇はすっかり不愉快になり、しかもその嫉妬に実体のないことから、おのれの空想力の乏しさを歎いた。顕子の手紙が怖《こわ》くなった。こうなったら手紙が来ないほうがいい。今度は早速簡単な返事をしたため、追て書に、こう書いた。

「この手紙が着くころにはわれわれは越冬態勢に入っています。最初の雪が来ると交通は杜絶して、手紙はもう雪融けまで届きません。電信電話だけが唯一《ゆいいつ》の懸け橋ですが、その電話も高圧線を利用した搬送電話ですから、K町からしか通じません。そこでK町の事務所まで着いた手紙のうち、葉書は、所員が電話口で読んで伝達してくれることになります。封書はこちらの承諾を得て、開封した上、同様の方法で伝達されますが、所員に読まれることには変りがありません。そのつもりでお手紙を下さい」

これで顕子の嘘《うそ》にはもっともな外部的理由が成立ち、彼女は今後嘘をついても、昇のためではなく、もっぱらK町事務所員を憚《はばか》ってつくことになるわけである。
昇は安心して封をしたが、翌朝投函《とうかん》前に、又ためらって封をあけた。これはK町所員の検閲を経ない最後の手紙になるのだから、それだけの実質があるべきだと思い返したのである。彼はすっかり本文を書き直し、ところどころにやさしい言葉を置いた。はては、日頃のたしなみも忘れて、愛している、と書いたのである。今度こそ決め手の嘘をついてやった、と昇は満足して思った。

二十噸《トン》の石炭をはじめ、酒、米、乾燥野菜、種々の乾物《かんぶつ》、罐詰などが、大方運び込まれた。十人の技師たちと、一人の若い医師と、二人の炊事夫がすでに越冬を待つばかりになっており、調理場の娘たちは下流の村へ、三人の家政婦はK町へ帰って行った。例の恋文をよこした娘は、形見だと云って、昇に自分の小さな写真をくれたが、昇が何故形見かときくと、春に会うまでに嫁に行っているかもしれないからと答えるのであった。

医師は無線技師にたのんで、何度もK町へ打電させていた。瀬山に委《まか》せてあった医薬品の一荷が、まだ届かないので焦《あせ》っていたのである。

降りつづいた雨がやみ、大そう寒いが、よく晴れた日になった。午ごろK町から電信があって、医薬品がみんな揃《そろ》ったから、午後瀬山が届けると伝えた。それが届けば越冬の準備は洩《も》れなくととのい、瀬山は任を果たしたことになるのである。

午後になると、雲が増し、雲間を洩れる陽《ひ》はわずかであった。暮れちかく、ききなれたランドローヴァーのエンジンの音が、すでに紅葉のあらかた散った落莫《らくばく》たる谷あいの道からひびいてきた。

ここ一ト月のあいだに半ば現場の知識も身につけた瀬山が、一同に迎えられて車を下りるときに、東京で溝《みぞ》のすぐそばを撰《よ》って歩いていたときとはことかわり、写真班の出迎えに会ったような闊達《かったつ》な態度をとるのを、あれは技師長の真似《まね》だな、と思いながら、昇は可笑《おか》しく見た。瀬山は昇と二人になるたびに、

「なあに、現場は万事ハッタリですよ」

と言うのが癖だったのである。

一同と別れの夕食をとって、すぐかえることになった瀬山は、食事のあいだもしきりに大見得を切った。

「食糧も燃料も余分に余分にと用意しましたから、皆さんも心配はありませんよ。カロリイの点もね、よく研究しましたから」

食事がすむと、瀬山はわざわざ昇を伴って、人のいない部屋へ行った。

「ほんとうに体に気をつけて下さいね。あなたにもしものことがあったら、私は大先生の霊に顔向けができません」

「古風なことを言うな。僕は好きで残ったんだから、何が起ったって、自業自得《じごうじとく》ですよ」

「好きで残るなんて、ねえ！　何が気が知れないと云って、こんな気の知れないことがあるもんですか。それもカメラでもほしいというならともかく、あなたはライカのパリパリのやつを持ってるんだし」

昇は笑って握手をした。瀬山の角ばった顔の、三角形をした小さな目に、涙らしいものが光っているのに昇はおどろいた。

曇った夜空の下で、一同は瀬山を送りに出た。これが雪融けまで、下界の人間を見る最後になるであろう。別れの酒に酔った若い技師たちは、かわるがわる瀬山の肩を叩《たた》いた。瀬山はランドローヴァーの助手台に乗り込んだ。

運転手はエンジン・キイをさしこみ、スタータア・ボタンを押した。始動の音がする。しかしエンジンはかからない。かかりそうな音がしながら、いつまでたってもかからない。そのうちに音は間遠になる。運転手はむきになってスタータア・ボタンを押した。

「おい、そんなにやけになってスタータアを押すなよ。バッテリイが空《から》っぽになっちゃうぜ」

と田代が怒鳴った。運転手はしきりに首をかしげた。

「おかしいね。何の故障だろう。そういえば、さっき着く前に、あそこで石を踏んづけて、妙な音がしたっけが」

「瀬山さん、故障だ、故障だ。そんな寒いところにいないで、家の中で待ちましょう」

運転手を戸外に残して、もう一度食堂のストーヴのそばへ戻った瀬山は、意気銷沈《しょうちん》して、人が変ったようである。胸の中には不安が群がり起って、何も考えることができないと謂った風《ふう》である。

しばらくして入って来た運転手は、汚れた軍手を揃えてふりまわしながら、こう言った。

「いかん、いかん、フューエル・ポムプがこわれたらしい。修理は今夜一晩かかります。みなさん、すみませんが車を押して、車庫へ入れてくれませんか」

一同はどやどやと外へ出る。ついて出ようとする昇を瀬山が引きとめた。

「城所さん、一体こりゃ、どうしよう」

「どうしようったって、直るまで仕様がないよ。今夜はゆっくり泊ってらっしゃい」

「無情なことを言いなさんな。もし万一、今夜雪でも降ったら……」

「それは時の運ですよ」——昇はこう言ったが、あまり気の毒なので、二階の自分の部屋から、リュショールのくれたジョニイ・ウォーカアをもって来た。瀬山は不景気にちびりちびり呑《の》んだ。

宿舎は人数が半分以下になったので、一人一人がのんびり一室を占めていた。瀬山は昇と呑みたがったので、昇の部屋へ来て、二人でウィスキーの罎《びん》を空《あ》けた。大そう感傷的になった瀬山は、めったにしない昔話をし、城所家の書生をしていた時分の話をした。昇はもう忘れていたが、少年時代に、眠っている瀬山の顔に墨で大きな八字《はちのじ》髭《ひげ》を描いたことがあるそうである。

瀬山はだんだんぞんざいな口調になった。

「俺がお宅に御厄介になってたのは、昭和十二年だからなあ。国家総動員法の施行される前の年だよ。いわば自由主義経済の最後の年だよ。先生は立派だった。あんたのお祖父《じい》さんはあれは本当の明治の実業家だった。戦争中の電力統制に最後まで屈しなかった先生だし、今生きていたって、買辦《ばいべん》的資本家とはものがちがうよ。あんたはおぼえてないだろうが、先生のお宅には昔から最低七人、多いときは十五六人書生がいてね、俺なんぞだめだが、その書生のなかから、今までに大臣が四人も出ているんだぜ」

瀬山はこういうことをしきりに喋《しゃべ》っているうちに眠ってしまった。

……昇が目をさますと、窓掛けが妙に明るかった。かたわらでは瀬山が寝息を立てている。その寝顔は決して夢を見そうには思われない。昇はそこに八字髭を描いたら、或《あ》る種の威厳、生きることについて嫌悪《けんお》を感じることのない人間特有の威厳が生れるだろうと想像した。

大そう寒い。昇はどてらを着て、兵児帯《へこおび》を巻き、窓掛けをあけに立った。

雪が降っていた。すでに可成《かなり》積り、視界はせまく、五日前に引揚げてしまった目の前の万屋《よろずや》の屋根が重く雪をかぶっているのだけがみえた。釘《くぎ》づけをされたその戸口も、吹きだまりになって、半ば白い。

瀬山は帰れなくなってしまった。昇はその寝顔を見返って、自《おのず》ら目をさますまでは、知らさないほうが為《ため》だと思った。今起しても、どうなるものでもない。

風はなく、重たい牡丹雪《ぼたんゆき》が鉛直にとめどもなく降り落ちているだけである。上のほうを見ると、この柔らかい微細な力が、群がり集まって、襲いかかってくるのが強く感じられる。そうして音はどこにもしない。

昇の心には喜びが生れた。彼と下界とは完全に遮断《しやだん》されたのだ。

昇は決してそれを自認したがるまいが、彼が今まで怖《おそ》れていたのは現実ではなかったろうか。又こう云ったら、昇は笑殺するだろうが、この裕福な孤児のこうした傾向には、祖父の遺伝と云わぬまでも、或る種の影響がなかったろうか。城所九造のあのような情熱、あのような固執には、あの尽きざる精力、あの飽きることを知らない現世的な支配慾《よく》にもかかわらず、たえず現実の恐怖に追われていた人の、狂躁《きようそう》がなかったろうか。

『もう顕子からの、人を悩ますような手紙は決して来ない』と、かつての蕩児は思った。『俺の前には永い冬がある。非人間的な、隔絶した自然がある。そうしてそのむこうにはダムがあるんだ。石とコンクリートと鉄材の巨大なダムが。それはいわゆる未来じゃない。今日につづく明日じゃない。物質は時間を持たない。三年か四年か知らないが、俺はこれから、その時間のない物質の中で暮し、とてつもない大《でか》いものを創《つく》り出す。俺は目的を持ち、夢中になれるだろう。ほかの奴《やつ》らとはちがった仕方で』

こんなぞっとするようなことを昇が考えているあいだに、瀬山はようやく目をさました。一家の家長らしい重苦しい寝起きの顔を周囲へ向けたが、誰もいなかった。そこで、「ええ、寒いな」と独《ひと》り言を言った。

習慣で枕《まくら》もとに煙草《たばこ》を探《さが》した彼は、窓のほうを見て叫んだ。予期していたことといえ、この悲痛な叫びは昇をうんざりさせた。

「雪だな」

「雪だよ」

と昇は致し方のない返事をした。瀬山は気力を失って、床《とこ》の上にあぐらをかいた。それから一縷《いちる》の希望を以《もっ》て立上り、窓のところへ雪の様子を見に来た。こう言った。

「大した雪じゃない。これなら帰れる。車ももう直ったろう」

昇は黙っていた。

「え、帰れるだろう？」

ともう一度瀬山が言った。

「無理だな。君も越冬さ」

瀬山がそれからどんなに気違いじみた苦情の並べ方をしたか、想像してみるがいい。

彼は女房の名を呼んだり、子供の名を呼んだりした。彼が生甲斐《いきがい》を見出《みい》だしていた人間関係そのものが絶たれた結果、あげくのはてに瀬山は、この不測の事故の原因をも、何らかの人間関係のせいにすることを口走った。

「陰謀だ。これは陰謀だ」と彼は断言した。「K町を出る前に、誰かがその何とかパイプに傷をつけておいたにちがいないんだ。丁度こっちに着いたときに壊《こわ》れるように。……そうだ、それにちがいない。会社の反城所派の仕業《しわざ》なんだ。やった奴は大体わかっている。俺をこんな僻地《へきち》に閉じ込めて、その上また、俺の地位を奪おうとするなんて、奴らはどこまで卑劣なんだろう。昇君、みんなが寝返ったんですよ。君と俺をこういうところへとじこめて、城所派の息の根をとめようという気なんだ。俺たちはいわば人質になったんだ」

こういうことになると、瀬山のロマネスクな空想は果てしがなかった。「まるで涙も出やしない」と彼は何度も言った。昨夜昇との別れに流した涙、あの軽い人情的理由の涙なら、瀬山の涙腺《るいせん》にたっぷり貯《たく》わえられていたけれど、かくも喫緊な自分の問題になると、涙の代りに、無限の空想力の擒《とりこ》になった。

昇はこの気の毒な男を正視することができなかったので、雪のふりつづける窓に向って黙っていた。この雪は昇を下界と遮断するばかりか、瀬山をもそうしたのである。

この家族もちの男の「熱い血の紐帯《ちゆうたい》」は、同じように目前の雪でもって絶ち切られた。喋り疲れた瀬山は、黙って、昇と並んで、音のない雪に向った。

ややあって、瀬山は、今度は力のない声で又こう呟《つぶや》いた。

「陰謀だ。……陰謀だ。……」

昇にはこのとき納得が行ったが、あらゆる現象を人間関係から説明することが、瀬山の性格にとっては、せめてもの慰藉《いしや》になるらしかった。

第四章

雪は数日ふりつづき、珍らしくも、最初の雪が根雪になった。十日ほど前に初雪というものが降るには降ったが、それは夜あけにほのかに降って、朝起きて見れば霜と見分けのつかないほどのものだったのである。

表面みんなは気の毒そうな顔をしていたが、越冬に入って一週間ばかりは、瀬山のこの紛れもない喜劇のおかげで、真剣さや悲愴《ひそう》さは吹き飛ばされた観があった。瀬山は搬送電話に一日しがみついて、何やかと善後策を講じたが、要するに彼がよほどのスキーの名手でなければ脱出の方法はないということがわかっただけだ。そして瀬山はそうではなかった。

涙ながらに、彼は妻子の保護を会社にたのんだ。同情に愬《うった》えるほかに術《すべ》がないと知ると、彼は殉職を覚悟でここに踏み止《とど》まる、と大袈裟《おおげさ》なことを言った。その電話の様子を盗み聴《き》いた田代は、腹を抱《かか》えて昇のところへ報告に来て、息も絶えんばかりに笑った。

瀬山と炊事夫の一人をのぞいて、すべて二十代の越冬の人たちの中でも最年少の田代は、その赤い頬《ほお》でもって、若々しさを代表していた。彼にとっては越冬が嬉《うれ》しく、就寝前にわけもなくはしゃぐ子供のように、雪にとざされて終日電燈《でんとう》をともしている宿舎で、一人ではしゃいでいた。彼が「選ばれた人間」だと信じていることは明らかであった。『こういう男が一番先に参りそうだ』と昇は不安な気持で、笑いこけて半分涙をうかべている仔犬《こいぬ》のような若者の目をつくづく見た。

しかしその挫折《ざせつ》しやすい青春は昇には羨《うらや》ましかった。

『俺は田代と同い年だった四年前には、もっとずっと落着いていたもんだ。今思うとぞっとするが、何かの反応を期待しないで女の目をのぞいたことはなかった。さぞいやな子供だったろうな』

こう思う昇は、自分がまだ二十七歳だということを忘れていた。

経験の深い炊事夫の指図《さしず》で、雨戸のない硝子窓《ガラスまど》には、早速木の桟が、牢格子《ろうこうし》のように打ちつけられた。一同はスキーの手入れをした。

雪の上った朝、スキーをたのしむより先に、技師たちにはそれぞれ仕事があった。昇をはじめ四人はスキーを穿《は》いて、奥野川の流量をしらべにゆき、積雪量調査の係の四人をのぞいた残りは、瀬山や運転手や医師も加わって屋根の除雪に従事した。しゃもじを大きくしたような木鋤《こしき》という器具で、屋根の雪を落すのである。

積雪の高さは胸まであった。冷たい太陽は明るく照り、久々で周囲の山々の輪郭がくっきりと見えた。

雪に包まれた山々は気高かった。日のあたったところからは水蒸気がほのかに立ち、山襞《やまひだ》の影は青みがかって、あの紅葉の山よりもずっと原初の姿、今生れたばかりのような姿で、山がそこに在るのが感じられた。

昇たち一行のスキーが楓林《かえでばやし》の下をゆくときに、梢《こずえ》から落ちた雪が、田代の項《うなじ》にかかって悲鳴をあげさせた。

彼らは奥野川上流の籠渡《かごわた》しのところへ来た。籠渡しは、両岸の杭《くい》をつなぐワイヤアに吊《つる》された、人一人ようやく乗ることのできる浅い木の箱である。両岸の杭のかたわらには量水標が立ち、向う岸だけに、巣箱のような形をした自記測水機がある。

そこまで来ると、かれらはスキーを外《はず》した。川岸の蘆《あし》を埋めた雪は柔らかく、薄氷《うすらひ》が両岸をふちどっていたが、奥野川は結氷のけはいもなく、かなり豊かな川水を流していた。一同は少年のように、じゃんけんで順番を決めた。かじかんでいる手の指は、不器用な鋏《はさみ》の形をえがいた。

順番に当った昇は、田代の手から流速計をうけとって籠に乗り込んだ。籠は甚《はなはだ》しく揺れ、みんなは昇の体を支《ささ》えた。

それは日が山あいからまともにさしこむ一日のうちのわずかな時間であった。周囲の眩《まば》ゆさに目つぶしをくらって、昇は乗り込んだ籠の揺れるままに、輝やくワイヤアの反射や、川水のきらめきが、見わたすかぎりの雪の反射と同じものに感じられた。どこへ落ちても、彼は光りのなかを転《ころ》がるだけで、痛くはなかろうと思われた。

自分でロープをたぐって、籠をだんだん流心のほうへ動かしてゆく昇に、

「おっと、そこらだ」

と岸から田代が叫んだ。昇はかじかんだ手で、流速計の紐《ひも》を川の中へ手繰《たぐ》り下ろした。……

夕食後の一同がストーヴを囲んで話すうちに、話の中心は、いつも話題の豊富な昇

になった。昇は莫迦《ばか》な話となると無尽蔵の人物と思われる一方、ダムの話題になれば、「人生は何ものでもない。問題はダムだけだ」という、彼の日頃の考えがちらつき、この過激で英雄的な思想が、若者たちに強い感化を与えた。

ようやくここの生活に落着いてきた瀬山は、こういう思想を黙視しかねるという態度に出た。彼には昇のものの考え方が、彼への挑戦、乃至《ないし》は嘲弄《ちょうろう》とうけとられるらしかった。技術畑と事務畑との永い確執の経験も加わって、彼は技術と人間との問題について、大いに反省を促す必要を感じたのである。

「ダムだって？」と持ち前の重たい広島訛《なま》りで、せかせかと瀬山は遮《さえぎ》った。「ダムはただのコンクリートの固まりじゃありませんよ。ダムは人間の作るもんだよ。たとえばうちの坊主《ぼうず》は今五つです。十五年たてば二十歳になる。もしそのときうちの坊主が兵隊にとられて戦場へ狩り出されるとしたら、その大もとは、奥野川ダムの三十万キロワットの最大発電力が、軍需産業の発展を促したためということになる。そのダムの建設に、おやじが片棒をかついでいたら、つまりおやじがわが手で可愛《かわい》い我子を殺すために働らいてやるようなものじゃないか」

「風が吹けば桶《おけ》屋がもうかるというあの論法だな」と一人が言った。

「そうですとも。ダムというものがそういうものなんだ。人間が人間のために作る、これがダムさ。ダムはだから人間関係の一環にすぎないんだよ。自然と科学の対決なんていいますがね、これはただの抽象的表現にすぎない。おんなじ形のおんなじ大きさのダムでもさ、中共で作ってるダムと、今ここでわれわれの作ってるダムは全然ちがう。ダムが人間社会に対してもっている関係がちがうんだ」

「どっちも軍需目的の電源開発なら、おんなじじゃないか」と又別の一人が言った。

「私は何も共産主義者じゃない。だから、中共のダムは平和目的で、われわれのダムはちがうとは言ってやしない。ただ私にはあなた方の技術者的な理想主義というか、そういうものがわからないんだよ」

「あんたはものを創《つく》る立場じゃないからね」と又別の一人が言った。

「なるほど私はものを創る立場じゃない。そりゃあものを創る喜びというものは人間的なもんだ。しかしですよ、あんた方の創ってるものは、薔薇《ばら》の花や庭の築山《つきやま》じゃない。ちゃんと経済的効用をもち、というよりは、はじめから効用そのものなんだ。そりゃあ原子爆弾を作ってる人間にだって、創る喜びはあるだろうさ」

「あんたの言うことをきいてると、薔薇を栽培する人間だって、薔薇の棘《とげ》で誰か怪我《けが》をするということを、考えずには創れないみたいだな」と一人が言った。

「まあ、そうですな。創る喜びが単に人間的な喜びですんでいた時代は十九世紀の市民社会と共に終りを告げたんだよ。今じゃ割箸を作ったって、飯を喰うために使われるとは限りゃしない。アメリカへ輸出されて、何か化学兵器の実験に、不良導体のピンセットとして重宝されないとも限らない。このごろのアメリカ人は、箸の使い方が巧《うま》くなったからね。大体もう、人間の作った物というものが存在しないのでね。工人的良心の作った純粋な物というものはもうどこにもない。物が物でおわらず、必ず効用へ突走《つっぱし》ってしまう。科学的産物も、芸術品も、すべて何らかの関係において存在するにすぎない。ましてダムのように、物即効用というようなものが、何に使われるかわかりはしない。あんた方がそれを作るのに、技術者的良心というやつを持つのはい い。しかし、ダムのもっている諸関係に目をつぶって一生けんめいになるなんて愚というもんですよ」

「そんなら関係だけに気をとられた人間に、良心があり得ますかね。そうなれば良心とは、政治的な目的意識のほかにはありえないわけですね」と一人が言った。

「論理的にいえば、そうなるでしょうな。しかし私は、抽象的な意味の技術者的良心というものはみとめるんだよ」

「それだよ」と昇がとうとう口を切った。「あなたのみとめるのは、当りさわりのない、可も不可もない良心、事なかれ主義の良心、無責任な良心、自分の机の外へは決してひろがってゆかない良心、そうだろう。それが事務屋の良心なのさ。あなたがそんなにいうなら、事務屋だけでダムを作ったらいいのさ」

「痛いところをつきますね」と決して怒らないたちの瀬山は答えた。「私はとにかく、人間的な臭味のない理想主義には、必ず一応警戒してかかる習慣なんでね。それじゃあなたはどうなんだろう、私のいう抽象的な技術者的良心というものは認めない、それからおそらく政治的な目的意識というものも多分お持ちでない。あんたの理想主義の、その技術的根拠は何だろう」

昇は切れ長の澄んだ目の瞳《ひとみ》を、いたずらそうに動かした。

「盲目になれるという才能だよ」

実際、瀬山の濫用《らんよう》する「人間的」という不潔な言葉は別として、人間主義の下《もと》に包まれていた時代の技術には、自分たちの作るものが神の摂理にも叶《かな》い、人々の幸福にも資するという安楽な予定調和があり、使命感があったろうと昇には思われた。われわれの時代がそれを失ったのは事実だが、しかしまた、何人かの人間が夢中になることなしには、何人かの精神の集中と情熱と精力なしには、決して出来上らない仕事が今日もなお存在することも事実なのだ。仕事というものは本来そうしたものだし、中世の職人的良心や、ブゥルジョアジーの十九世紀的勤勉さは、仕事というものをそれ以外のものだとは決して考えなかった筈《はず》である。技術がもし完全に機械化される時代が来れば、人間の情熱は根絶やしにされ、精力は無用のものになるだろうから、科学技術の進歩にそそがれる情熱や精力は、かかる自己否定的な側面をも持っている。しかし幸いにして、事態はまだそこまでは来ていない。

ダム建設はこのような意味で、一種の象徴的な事業だと思われた。われわれが山や川の、自然のなお未開拓な効用をうけとる。今日ではまだ幸いに、われわれ自身の人間的能力である情熱や精力の発揮の代償としてうけとるのだ。そして自然の効用が発掘しつくされ、地球が滓《かす》まで利用されて荒廃の極に達するまでは、人間の情熱や精力は根絶やしにはされまいという確信が昇にはあった。

ダム建設の技術は、自然と人間との戦いであると共に対話でもあり、自然の未知の効用を掘り出すためにおのれの未知の人間的能力を自覚する一種の自己発見でなければならなかった。

あの幸福な予定調和を失い、人間主義の下における使命感と分業の意識を失った技術は、孤独になりながらも、今日ではエヴェレスト征服にも似たこうした人間的な意味をもつようになった。つまり瀬山のいうように、一定の機構の下におしこめられた技術に、ひよわな技術者的良心が追随してゆくのではなく、それとは逆に、人間的能力の発見の要請が先にあって、技術がそれに追随してゆくべきなのだ。それが瀬山の目には、空虚な理想主義と映るにすぎない。

盲目になれる才能、……内に発見するためには盲目にならなければならない。昇は「集中の才能」と云《い》おうとして、そう云ったのであった。彼はしかし見るだけの人間が、決して行為しないのを知っていた。

……こういう生活では、お互いに何の秘密もなくなるのが常で、佐藤は夢みたいな片思いの恋人のことを打明け、医師は許婚《いいなずけ》のあることを打明けた。田代はというと、母親のことばかりを話したのである。

産褥熱《さんじょくねつ》で死んだ母親の写真を見たり噂《うわさ》にきいたりしているだけの昇には、生きて動いている母親に対する田代のこまやかな感情がめずらしかった。田代は父親をきらっていたが、母親については一から十まで褒《ほ》めた。昇に田代は中学時代の恥かしい思い出を打明けたが、母親の決して深みへは落ちなかった軽い恋愛に、彼は気も狂わんばかりの嫉妬《しっと》をしたのである。

それは父の同郷の後輩で、よく家へ遊びに来たり、田代の宿題を手つだってくれたりする私大の学生であった。はじめ田代は、この学生を、何とはなしに虫の好かぬ奴《やつ》だと思った。そのうちにその感情はだんだん強くなり、学生の一挙手一投足が気に喰《く》わないものになった。笑い方はたえがたいほど不潔に見え、ちょっと口ずさんだりする歌は虫酢《むしず》が走り、学帽をかぶるときに、裏側から拳《こぶし》で軽く突き上げておいて、頭にのせる癖までが、卑《いや》しい不快な癖に思われた。田代はあるとき、学生がよく口吟《くちずさ》むその歌を、行きずりのレコード屋できいて、いい曲だと思った。それが学生の口を経るときに限って、どうしてそうも不快に聴かれるのかわからなかった。

ある晩、父母との夕食の最中に、田代は思いついてこう言った。

「僕、大島さん、きらいだな。宿題見てもらうのもいやになった。もう家へ来なくなるといいんだけどな」

これをきいた父親は激怒した。庇護《ひご》している同郷の後輩に対する子供の非難を、自分の田舎《いなか》に対する軽蔑《けいべつ》と思ったものか、とにかく田代があとで考えてみると、親がわが子にひがみをもつということもあるものである。

「ばか、生意気を云うな。大島は秀才で、将来のある人間だぞ。お前みたいな子供に何がわかるか」

「だって僕、きらいなものはきらいだ」

癇癖《かんぺき》の父親は、田代の肩へ湯呑茶碗《ゆのみぢゃわん》を投げた。田代は簡単に身をよけたので、茶碗は唐紙《からかみ》にぶつかって、鳥の子の唐紙にめり込んだ。

父親は勝手な怒り方をするもので、

「何故よけたっ」

と怒鳴ったかと思うと立上ってきた。母親がすがりついて父をなだめた。田代は母親に離れへ連れて行かれた。

今もおぼえているのは、それは春のさかりのまだ暮れ悩んでいる時刻で、離れの前には、満開の八重桜があり、散りはじめている椿《つばき》や木瓜《ぼけ》があった。すでに仄暗《ほのぐら》い湿った土の上に、椿の鮮紅の一輪や、木瓜の桃いろと白のぼかしの花びらが落ちていた。隣家の庭の鞦韆《ぶらんこ》の音がした。

母の大そう美しい目は、白いところが、薄く刷《は》いたように青くみえる。暗い部屋では殊《こと》にそう見えるのである。

「パパにお謝《あや》まりなさい」

と母はいくらかきつく言った。

田代は黙っていた。父があんなに怒る理由がないと思ったし、第一父が大島のことであんなに怒るのは、何だか方面ちがいの滑稽《こっけい》なことに思われた。父親は何か自分の役割を勘ちがいしてやしないか。

「いいわね、パパに謝まるわね」

と母はいくらかやさしく、もう一度言った。

田代はなお黙っていた。

母の表情がこのとき急に、別の人に変ったように思われた。目の白いところが、さっと翳《かげ》って青くなるように思われた。母は妙にやさしい、しかし一語一語を的確に発音するような口調で言った。

「それとも、あれ？　大島さんがきらいになったって、大島さんがあなたに何か、いやなことを言いでもしたの？　もしそうだったら、ママにはっきり言ってごらん。何か言ったの？」

田代は母の顔に、怖《おそ》ろしいものを見た。寧《やす》らかな母と子の間柄は消え去った。他人が入って来て、母は他人の顔を真似《まね》ていた。母のこんな顔を見るくらいなら、死んだほうがましだと思った。彼は、自分も、一人前の男の声を真似て、せい一杯野太く、ずけりと言った。

「何も言わない」

……………

「そのときからなんだよ。俺は嫉妬を自覚したんだ。わけもなく大島がきらいになったのは、嫉妬からだったとはっきりわかったんだ。俺は十四歳だった。あの年頃って妙なもんだねえ。俺はそれからすっかり苦しんで、女の子みたいにすねて、飯もろくすっぽ喰わなくなって痩《や》せちゃったんだよ。母は心配して、あるときはっきり大島に対する態度を変えちゃった。俺にもそれがわかったから、やっと元気になった。それ以来、母はずっと俺一人のための母親さ。この手袋だって、このスウェータアだって、みんな母が編んでくれたんだよ」

「なるほど人間なんて誰の所有物だかわからんもんだな」と昇は驚嘆して言った。「君のお母さんは、思わないところから、君が所有権を主張するのを見てびっくりしたろう。お父さんが嫉妬するなら当然だが、君のお母さんは嫉妬の伏勢《ふせぜい》にやられたようなもんだな」

「そうだよ」

と赤い頬の田代は、こっそり旨《うま》い御馳走《ごちそう》を平らげてしまった子供のように、満足そうに笑った。

昇はといえば、田代はその母親が子供に遠慮して恋を諦《あき》らめたときの絶望を、すこしも斟酌《しんしやく》していないのにおどろいた。どんな種類の愛情でも必ずエゴイズムの形をとるというこの発見は、昇にすら異様に思われた。母親が自分を生み落すと共にこの世を去り、彼のこうした愛情の対象にならなかったことを、彼は自分のためにうれしく思った。何故なら、ここの宿舎へももって来ている家族の古いアルバムの中から、数枚の母の写真を、昇は格別の感情で、いわば世の愛情の法則にとらわれない格別の愛情で、大事にしていると感じていたからである。

十二月上旬のある日、昇たちが流量測定のために例の籠渡《かごわた》しのところへ行き、仕事がはやくすんだので、日のあるうちにスキーをたのしもうとして、銀山平を横切り、喜多川のほとりへ来たときに、先頭の一人がスキーをとめ、口に指をあてて皆を制し、対岸の西方の山の頂きを指さした。

日はその山に遮《さえぎ》られて大そう寒い。雪におおわれた絶壁からは、ところどころに凝灰岩の露頭があらわれている。そこの部分は、凸出《とつしゆつ》しているのに、あたかも黒い洞《ほら》のようにみえるのである。喜多川はその下を淙々《そうそう》と流れている。

しかし頂きの空は明るく、透明な薄い杏子《あんず》いろを帯びて、高所の青は一そう澄み渡って冴《さ》えている。頂きの縁《ふち》をなしている雪が異様にきらきらし、絶壁の灰色がかった翳《かげ》を帯びた雪と対照をなしている。その縁のところに羚羊《かもしか》が佇《たたず》んでいたのである。黒い長い毛におおわれた姿は、逆光のために影絵をなしていて、鉄を鋳《い》たような硬い輪郭だけがみえる。威厳に満ちた一対の角は、うしろに反《そ》りかえっている部分が、夕陽《ゆうひ》に煌《きら》めいている。

羚羊はそのまま動かない。

しかしそれは突如として姿を消し、見戍《みまも》っていた一同の目には、羚羊がうしろを向いて駈《か》け去った形はみえず、続けていた不動の姿のままに、そこから掻《か》き消されたように見えたのである。

一同は満足して、宿舎のほうへスキーを向けた。昇はスキーを駆りながら思った。

『羚羊……antelope……misanthrope ……奇妙な語呂《ごろ》合せだ』

羚羊を見たあくる日から、曇り日がつづき、温度は甚だしく下り、やがて永い吹雪の日々に入った。ある朝、昇が目をさますと、窓の隙間《すきま》から入った粉雪が、畳をとおって掛蒲団《かけぶとん》の上へまで一直線にのび、針のようなその先端は、掛蒲団の中央のところで途切れていた。

積雪は日に日に高まった。窓の下まで積っていた雪は、日毎《ひごと》に窓硝子《まどガラス》の第一の桟、第二の桟と昇ってゆき、わずかに窓の上部だけを残していたものが、やがて窓は雪に充《み》たされた。

屋根の雪は日々に重たさを増した。廊下に通ずる唐紙も、硝子戸も、屋根の重さに圧《お》されて、あけたてに難渋するようになった。

例のランドローヴァーの運転手は、まことに暢気《のんき》に暮していた。彼は瀬山の越冬や、車一台を冬じゅう山の中に寝かしておくことが、自分の責任だとは思っていないらしかった。月給は積立ててくれるだろうし、まだ独り身だし、要するにひどく屈託がなかった。この男がよく眠るのに、みんなはおどろいた。

「あいつ、冬眠するつもりでいやがる」

と田代が言ったくらいである。よく五六分待っていてくれと言われて、暗い車内で一時間も待たされるのに馴《な》れた彼は、それがたまたま六カ月にのびただけだと思っているらしかった。手つだう仕事は別になかったが、無聊《ぶりょう》をかこつということはなかった。彼は喰《た》べては寝、寝ては起き、起きているあいだはたえず流行歌を歌っているが、怠け者で、スキーのような快活な遊びを好まなかった。尤《もっと》も彼がスキーをやらないのには炊事夫が大いに賛成した。この大喰いがこの上スキーでもやって腹を空《す》かされては、たまらないと思っていたのである。

又しても瀬山の語彙《ごい》を借りると、昇には瀬山に対する「人間的な」興味がしきりに湧《わ》いた。都会の昇は、ほとんど他人に対する関心を失っていたのだが。

ひいては彼は、今まで気のつかなかった瀬山の美点をみとめるまでになっていた。それは瀬山が自分の感情をいつわろうとしないことで、この点の傍若無人は、ほとんど愛すべきものがあった。

瀬山はいわば硝子張りの性格をもっていた。水族館のそれと同じ壊《こわ》れない丈夫な硝子からは、魚が小さな岩の洞穴を出たり入ったりするのがよく見えた。

雪にとじこめられた最初の数日、彼の悲嘆は目にあまるものがあった。悲劇を演じるような見かけを持って生れなかった男が、悲劇を演じなければならないとは、本当の悲劇である。彼のとらわれている激情は、一つも彼にはそぐわず、人間の個々の感情が他人に説得力を及ぼすまでに、どうしてもとらねばならない手続を、彼が閑却しているようにしか見えなかった。

素朴な感情には本来素朴な表現形式がそなわっているものである。しかし瀬山のこれは無形式としか言いようがなかった。本社づとめのころの瀬山は、その物言いも、勤め人特有の常套《じようとう》的な表現を墨守していて、「この問題はですね、よく検討してみませんとですね」とか、「課長もなかなか隅《すみ》に置けませんなあ」とか、「ええ、そんなら御《おん》の字でしょう」とか、誰でも使う言葉ばかり喋《しゃべ》っていたが、突然山奥に置きざりにされたこの境涯には、常套句は用をなさなかった。はては瀬山は、昼間から蒲団をかぶってしまい、のぞきに行った田代の報告によると、蒲団の中で泣いていたのである。

一日一日瀬山は落着いた。何も仕事がなかったので、夜は麻雀《マージャン》や猥談《わいだん》のお相手をつとめ、昼は技師たちが不在のときなど、台所へ行って炊事夫を相手に話し、手つだって葱《ねぎ》を刻んだりした。

が、彼がまだ落着ききれない別の理由があった。妻子からの返事がなかったのである。何だってすぐ電報ぐらいよこさないんだろう。ひとりで黙っているということができないので、昇にもしばしばこう愬《うった》えた。

「一体何か、知らせられない事情ができたんじゃないかしら。もしか坊主《ぼうず》が人病でもして……。もしそうだったら、どうしよう」

「大丈夫だよ。そのうち便《たよ》りがあるよ」

「私はあんたに慰められても嬉《うれ》しくないんだ。独身者にこの気持はわかりっこないんだから」

その返事は一週間もたってようやく来た。搬送電話が瀬山の名を呼んだのである。彼のまわりでは、若者たちが聴耳《ききみみ》を立てていた。瀬山は交換手のよみ上げる葉書を、一行一行大声で復誦《ふくしょう》した。

「何ですって？『坊やも元気、私も元気、うちのことは』え？『うちのことは心配はありません』……うん、うん。『あなたも』？『あなたも、丁度いい機会だから、雪どけまでゆっくり体をお休めになって』……」

これをきいて皆が吹き出したので、瀬山は、

「おい、うるさい」

と吸鳴《どな》って、皆の笑い声を制した。

「……え、それから？『体をお休めになって、会社の大事な若い方々のお世話をなすって下さい』……うんうん、『留守は引受けましたから、決して御心配なく』……それから？　えッ、それだけ？」

これでまた皆は大笑いをした。

「それだけ？　そんなわけはないがな。それだけですか。それじゃどうも仕様がない。さよなら」

瀬山は受話器を乱暴に置いて、怒りながら、部屋へかえってしまった。

――これを堺《さかい》にやや正気に戻った瀬山は、いつかの晩のようなダム論争をやるまでになったのである。

夕食後のストーヴのまわりのひとときは、朝から電燈《でんとう》をつけて暮す暗い一日のうちでも、一等心のやすまる時刻である。にせものの夜の中から、本当の夜がはじまる。電燈のあかりは、煌《きら》めきを増し、暖かみを帯びる。時折あけられる石炭の投入口から、のぞかれるストーヴの焔《ほのお》は、新鮮な懐《なつ》かしい火の色をしている。

戸外の吹雪の音と、ストーヴのなかの火の小さな嵐《あらし》の音との、自然の脅《おび》やかしと人間の生活との、この微妙な諧和《かいわ》。……ストーヴの上には鼠《ねずみ》いろの濡《ぬ》れた軍手のいくつかが、乾《かわ》かされて、さかんな湯気を立てている。

ストーヴのまわりの男たちからは、共通の匂《にお》いがする。スキー靴の油の強い匂いが、しみ込んでいるのである。髭《ひげ》のすっかり延びた若い顔、毎日偏執的に髭を剃《そ》っている剃りあとの青い顔、……お互いに見飽きた顔であるのに、火のまわりでは、自分のひとりひとりの夢や思想に、とじこもった顔が親しみを帯びる。みんなはしんみりと酒を呑《の》んだ。そしてラジオをつけっ放しにしておく。きいていても、きいていなくてもいいのである。ラジオの音楽やドラマは、他人を暗示する。ここにはいない他人、その生活、その多忙、その心理的錯雑、その娯《たの》しみ……。

戸外の吹雪のむこうには、遠く町があり、灯がともり、鉄道があり、夜の広大な社会がひろがっている。ここにはわれわれの生活があるが、あそこではみんなが他人の生活を生きている。むこうの見えない無数の灯と、ここの一つの小さな灯との、社会的比重は同じなのだ。青年たちは好んでそう考える。彼らの背後で、吹雪に包まれて、まだ形を成さない、しかしすでに一つの確乎たる観念に成長した、巨大な、威厳のあるダムが、夜の中に白いコンクリートの翼をひろげて、彼らを見戍り、是認し、庇護《ひご》しているかのように。

瀬山一人は、こういう夢想的な生活からは別のところにいた。皆にまじって火に当りながら、ぽつねんと、心は何も考えずに、吹雪《ふぶき》の音に耳を傾けていた。彼は何者でもなかった。彼は取り残された人間だった。

例のダム論争のあとで、昇と膝《ひざ》をつきあわせて、彼の『エヴェレスト征服とダム工事が、未知の人間能力の発見という点では同じだ』という説をきいた瀬山は、酒がまわるにつれて急にその反駁《はんばく》を試みたくなったものらしかった。

「城所君のこの間のありゃあ暴論だよ。ありゃあ理窟《りくつ》になってないよ」と彼は急に言い出した。「あれは、単なるスポーツマン精神だと思うな。ここはスキーの合宿じゃないんだからね」

「君もスキーをやったらいいのさ。そうしたら俺に共鳴するだろう」

と昇が言った。

「私は共鳴したらスキーをやるだろうが、それまではやらないよ。要するに城所君は、物事の価値というものをみとめない男だよ」

「何しろ独身者の思想だからね」

「それも金のある独身者のね。価値というものは、私の考えでは内在的なものでね。子供の一人も作ってみなくちゃ信じられないものなんだ」

「君は子供が君にとって内在的だと思ってるのかい。つまり子供は親の所有物だというふうに」

皆は興味を覚えて、二人のほうへ顔を向けた。

「子供の存在じゃなくて、子供の価値というものは、私に内在的なものだというのさ。私と女房との関係……」

一人が笑いかけたので、瀬山はそっちを睨《にら》んだ。

「……私と子供との関係、社会関係というものはこういう肉体的なつながりから生じて、もろもろの価値は、こういうつながりから、内在的に生れるんだよ。ところが城所君は内在的な価値づけをみんな拒否する。君はあらゆる価値を信じていないくせに、人間能力の発見だなんて云《い》っている。何のために発見するんだね」

「目的は、ないさ」と昇は簡潔に答えた。

「ないだろう、そらごらんなさい。君の仕事は誰のためでもない。君自身のためでもない」

「人類の進歩は、みんなそういう仕事のおかげさ」

「そら、君はそんなことを言うが、人類の進歩なんて信じているかどうかあやしいもんだ。私は以前は、あんたが未来を確信していると思って羨《うらや》んだものだが、そうじゃなさそうだ。君は価値を信じないから、外部的な、まるきり君自身と関係のないものを信じてるんだ。石だの、コンクリートの固まりなんかをさ」

「つまりダムをさ」

「君とダムとは何の関係もないから、だから人生よりダムのほうが大事だというんですか。私にはさっぱりわからない」

「それなら、登山家とエヴェレストはどういう関係がある？」

「ほら、結局、スポーツ精神だ。現代という空虚な時代には、スポーツの他《ほか》には何もないんですかね。そんなものですかね」

呑むとすぐ赤くなる瀬山は、大仰に両手をひろげた。昇の派手なスキー用のスウェータアの肩は大そう広く、瀬山が軽んじる意味で使っているスポーツ精神というこの言葉は、誰が見てもあまり利目《ききめ》はなかった。

……丁度ラジオはニュースの時間になったので、一同は言葉をやめて耳をすました。アナウンサーはこの会社の社長が、アメリカへ発《た》ったというニュースを報じた。

「何しに行ったんだろう」

「この間も行ったじゃないか」

「外資導入さ」

と佐藤が、面倒くさそうに簡単に言った。

瀬山は早速消息通の才能を発揮して、こう言った。

「まず赤間《あかま》社長の交渉は成功するし、来年の夏には、ここはアメリカ製の建設機械で埋まるだろうな」

うれしそうに田代は叫んだ。

「ダムプトラックはユークリッド製、バッチャープラントはジョンソン式、一流品ばっかりだな」

「喜んじゃいけないよ」と瀬山は遮《さえぎ》った。「みんな社長の利権あさりだよ。儲《もう》けた金は日本保守党へ注ぎ込まれるし、出来たダムの電力は軍需産業に使われるだけなんだからな」

「どんな風に？」

「いいかい。社長がこの前渡米したとき、アメリカの銀行は投資を承諾したが、それには条件がついていた。アメリカの土建業者が参加するなら、という条件さ。そうして銀行は、モンゴメリイ建設会社を指名した。社長はそれを呑んだ。日本にかえってから鶴岡組と桜組をモンゴメリイ社の協力会社に指名した。そこまではいい。

それから社長は通産大臣を口説いて、この契約のリベートの何割かは日本保守党に献金するという条件で、この点を承知させた。いいですかね。

ところが一方ではこういう動きがあるんだ。国産機愛用運動というやつで、入札のときに各社が協力して、一番安い入札価格で参加するだろう。

入札は多分来年の春になるだろう。この開札が不透明な結果になることは、火を見るよりも瞭《あき》らかなのさ。つまり値段が高くても、通産大臣の黙認の下に、モンゴメリイ社が落札するに決っているんだ」

「社長はやっぱり、少々高くても、いい機械のほうがいいってことを知ってるんだよ」

「そんな馬鹿《ばか》な」と瀬山は軽くはね返した。「ただ単に儲かるからさ。いいかい。社長は東都物産の社長を兼任してるね。一例が、ユークリッド製のダムプトラックが、どうして入ってくるかというと、モンゴメリイ社がそれをユークリッド社から買って、東都物産をとおして輸入する。東都物産はそこでコミッションをとって、それが赤間社長の懐《ふとこ》ろに入るんだ。

大体土木工事というものは、落札価格の一割ぐらいは容易にリベートがとれるものなんだよ。落札価格が百億とすれば、十億は入る。その何割かが、社長から日本保守党へ送られるんだよ。

だからつまりアメリカの銀行が投資を承諾したのは、日本保守党に対する間接投資に他ならないからさ」

それから昇のほうへ向いて、こうつけくわえることを忘れなかった。

「赤間さんと比べるのも何だけれど、城所先生は本当の愛国者だったね。先生が生きておられたら、決してこんな売国的行為は許されなかったでしょうね」

瀬山がどういう情報で、こういうことを知ったかは疑問である。その情報の真偽も疑問である。しかし若い技師たちは、困惑した表情で押し黙った。

話の途中で一人がラジオを消したので、吹雪の音はこの沈黙のうちに募り、風と雪の大きな塊が、そこかしこに身をぶつける響が荒々しくきこえた。

昇が、決して揶揄《やゆ》する調子ではなく、平静にこう言った。

「君にはそんな事態を変えようという気があるのかい」

「ありませんね」と瀬山ははっきり言った。「それに私は越冬中です」

これは実に面白い返事だったが、誰も笑わなかった。一種の疎外感《そがいかん》が、吹雪の高鳴りをきくにつれて、寒気《さむけ》のようにみんなの衿《えり》を襲ったのである。

瀬山の云う諸関係は、正しいあるいは邪悪な意志を担《にな》って、逆巻く吹雪のむこうに、組んずほぐれつして動いていた。しかしここには、電燈のあかりがあり、酒があり、ストーヴの火があった。吹雪は双方の間にあって、狂おしく粗布《あらぬの》を引きずるような音を立て、鳴動した。

その音は長い尾を引いて遠ざかることもあった。又、ひとめぐりして、闇《やみ》のなかに、いっせいにはじけてひらいた雪片を、こちらへ吹きつける音を立てた。吹雪はときどき鈍い短かい音で転《ころ》ぶようにも聴《き》かれた。こちらへむかってくる烈風の顔は、打ち摧《くだ》かれた真黒な顔のように思われた。しばらく音が遠のいて、遠い一カ所に、ほとんど優雅な滑《なめ》らかな響を凝らしていることもあった……。

十二月も下旬に近づくと、山ごもりの人たちは、誰も少しずつ異様になった。神経は苛立《いらだ》ち、何かつまらない問題が、大きな議論のもとになったりした。沈滞した気分にとらわれて、誰もそれを救う術《すべ》がないように思われたり、あるときは酒の力で、皆が一様にとめどがないほど陽気になったりした。こうして感情の高い音階や低い音階が、それぞれ一様に波及する結果、ふしぎと喧嘩《けんか》らしい喧嘩はなかった。

夜はうす暗い長い廊下に、スキーが列をなして立ち並んでいて、かすかな電燈のあかりを反映して、寒々とした光沢を放っている。しめきった部屋のなかの、スキー靴の油の匂い、ふだんはついぞ気のつかなかった壁のモルタルの匂い……。

ひどく寒いある晩の明け方ちかく、昇は、寝ているところへいきなり拳銃《けんじゅう》を射ち込まれた悪夢を見て、はね起きた。轟音《ごうおん》はたしかに耳にひびいていた。隣室の出代も起きて、何事が起ったのかとやって来た。見ると昇の掛蒲団《かけぶとん》の上に、水道の蛇口《じゃぐち》が転っている。水道が凍り、その水圧のために飛んだ蛇口が、手洗場のドアをつきやぶり、廊下を飛び越して、部屋の襖《ふすま》に穴をあけ、寝ている昇の掛蒲団の上に落ちたのであった。

朝、見ると、そのために漏った水は、階下の手洗場の天井から、幾条の鋭い氷柱《つらら》になって下っていた。

みんなは搬送電話の交換手の声をたのしみにしだした。女の声はラジオでも聴かれたけれど、交換手の肉声とは比べものにならなかった。電話がかかるたびに、みんなは電話のまわりに駈《か》けあつまり、一言でも交換手の声をきこうとして、受話器の奪い合いをするのであった。

交換手は二人いた。越冬に入るまでは誰もその名を知らなかったが、今日ではその一人が千代子といい、もう一人のほうが春江ということを、誰もが知り、誰もが二人の声を聴き分けた。

個人的な会話というものはなかった。せいぜいこちらの名前を言って、おはよう、とか、今晩は、とかいうだけであった。むこうもいちいち美しい声で挨拶《あいさつ》を返したが、公私混同を忌《い》むまじめな彼女たちは、無用の話がそれ以上引きのばされそうになると、急に厳《きび》しい声に変って、電話を切った。

千代子のほうが声は美しかったが、軽い新潟の訛《なま》りがあった。春江はやや低い、しかし潤《うるお》いのある声で、標準語を話した。この低い声のほうが若者たちには人気があった。それは落着いていて、姉のようなやさしさがあって、たった一語にも、微妙な感情の抑揚とも思えば思われるものを帯びていた。

声は、夜のさなかを、山々や谷間をこえ、吹雪をつんざいて、鳥のように羽搏《はばた》いてきた。事務的な口調であるのに、哀切な響があった。何かの加減で、声が急に遠ざかり、かすかになると、その声の主《ぬし》の生命が、つかのま衰えたような不安をこちらに与えた。

半ばは想像だったが、技師たちは、その日の声で、自分のひいきの交換手の、心や体の具合までも当てるようになっていた。

顕子からは週に一度ずつ、つつましい簡潔な便《たよ》りがあった。あるときは所員が、あるときは交換手が、搬送電話で伝えてくるこの定期便は、宿舎の名物の一つになったが、発送人の顔を見たいと思った人たちは、写真を見せてくれと昇にたのんだ。そんなものを持っていないと昇が答えても、なかなか本気にしなかった。

今では昇は顕子の写真をもらわなかったことを、少しも後悔する気持がなかった。写真は見飽きることがありうる。写真をもたない昇は、顕子について、いつも新鮮な幻想を恣《ほしいまま》にすることができた。

ふしぎと夢には他の女は現われない。たまに、一番閉口した女が現われたりすることがあるが、多くは顕子、あるいは顕子らしいと思われる無名の女である。

昇は顕子の屍《しかばね》の幻を見ることがよくあった。その無感動な、呼べども答えない肉体は、仰向いてしらじらと横たわっている。体には温か味が残っているが、手をとると、手は握りかえさずに、そのまま闇のなかに辷《すべ》り落ちて横たわる。深くのけぞった顔は半ば闇にひたされ、白い小さな引きしまった顎《あご》だけが、陶器の破片のようにうかんでみえるのである。

あらゆる愛撫《あいぶ》に委《ゆだ》ねられたこの体、意志を失って外側も内側も考えうるかぎり受身になったこの体は、もう何も拒むものがない。羞恥《しゅうち》もない。男の目や指や唇《くちびる》は、どんな微細なものも見のがさず、完全に所有してしまうのである。

昇はこの幻に憑《つ》かれた。彼が今まで女に求めて得られなかったものは、かかる死屍《しし》の幻だったかもしれなかった。

ある夜おそく、咽喉《のど》が渇《かわ》いた昇は、寝静まった宿舎の階段を下り、スキーの居並んだ廊下を抜けて、炊事場へ茶を飲みに行った。

炊事場に灯をともす。すると目籠《めかご》に入れられた明日の朝食の材料が、新鮮な色をうかべた。刻まれた葱《ねぎ》の緑とつややかな白、刻まれた馬鈴薯《ばれいしょ》、それらの野菜は正《まさ》に生物《いきもの》に見えた。とりわけ洗われた里芋の寒々とした白さは、なまじ土のついたままの姿よりも、肥沃《ひよく》な黒い土を思い出させた。昇はそれらのものによびさまされる自分のいきいきとした感覚におどろいた。凍結を怖《おそ》れて出しっぱなしになっている水道の水音をききながら、彼はしばらく野菜を見戍《みまも》って、ぼんやりしていた。

食堂から炊事場に通ずる戸口の框《かまち》のところに影がさした。彼はふりむいた。田代が立っていた。

「どうしたんだ？」と昇がたずねた。

「お茶を飲みに……」

「俺もそうだよ。今夜は莫迦《ばか》に咽喉が渇くんだな」

田代は冷たい茶を、咽喉を鳴らして、うまそうに飲んだ。

「ねえ」とそれから田代は、不安そうな大きな目をして言った。「何だか、俺、眠れないんだ」

「仕方がないよ。若いんだから」

昇は赤みの褪《あ》せてみえる田代の頰《ほお》を乱暴につまんだ。

「そうじゃないよ。へんな声がきこえるんだよ」

「え？」

「あれ、……ほら又してる。きこえないかなあ、あれが」

昇は耳をすました。風はなく、雪に包まれた戸外はしんとしていた。

「きこえないな」と昇は答えた。

「きこえるよ。へんな大ぜいの赤ん坊の泣き声みたいなんだ。それがあっちへ行ったり、こっちへ行ったりするんだ」

「何かの鳥だろう」

「そうかな」

二人はしばらく顔を見合わしているうちに、田代の顔には、子供らしい明けっ放しの恐怖があらわれた。彼は昇の肩にいきなりつかまったので、今度は昇のほうがぞっとした。

しかし彼は兄貴らしく田代の肩をしっかりした力で叩《たた》いた。

「大丈夫だよ。もう寝よう」

――この声は、あとになっても、結局わからなかった。のちに昇は土地の老人から、雪国ではときどきそういう声をきくことがある、という不得要領な話を聴いた。

麻雀《マージャン》と碁将棋と酒の生活がこうしてつづいた。田代のひどく寂しげな様子が、昇を彼の庇護者《ひごしゃ》にした。誰も固い本は読まなくなった。奇妙に人から打明け話の聴手にされる昇は、佐藤の大そう観念的な片思いの話をきかされ、誰にも見せずにしまっていた写真を見せられる羽目になった。

写真は二十歳《はたち》恰好《かっこう》のかなり美しい女であった。どこかの有名な仏像に似ていたのも道理で、土木技師にも似合わず、古美術愛好家の佐藤は、学生時代に、奈良の寺々をめぐって、仏像を見て歩いたのである。

佐藤の風貌《ふうぼう》は、生《き》まじめというほかはなかった。面長の、眉《まゆ》と目がやや吊《つ》り上った侍めいた顔立ちで、今時めずらしい夢のような恋をしていた。非常な自己肯定。観念的な己惚《うぬぼ》れ屋。この佐藤が、打明け話をして、自分の不幸な恋愛の正しさを力説しながら、戦後の青年の道徳的腐敗に非を鳴らすので、昇は多少くすぐったい思いをした。

佐藤は昇を大そう買い被《かぶ》り、昇の知っているいろんな小咄《こばなし》は、たかだか書物の知識だと思っていたし、勝手な空想から、毎週昇へ葉書をよこす顕子という女を、世にも清らかな少女だと思い込み、昇とその少女の結びつきを、幸福な青春の見本のように考えていた。そしてこう言った。

「いずれあの人と結婚するんでしょうね」

「うん、まあ」

と昇は言葉すくなに答えた。

佐藤は、幸福な恵まれた昇には、自分の不幸の理解者であるべき義務があると考えたらしかった。しかし彼のえがく女の絵すがたは、どこまで行っても仏像そのもので、昇にはその曖昧模糊《あいまいもこ》としたロマンスの筋道が少しもつかめず、とても脈がありそうには思えなかった。

「そのとき彼女は、別れぎわにふりむいて、僕のほうを見てちらと笑ったんだが、それが僕には泣いているように見えたんだ。僕はそのとき、はじめて彼女が僕を愛していると直感したけれど、こっちは打明ける勇気がどうしても出なかった……」

「そんなにはっきり好きだとわかったら、もう安心じゃないか」

「恋愛にはもう安心ということは決してないんだ。それ以来僕は不安を享楽《きょうらく》するようになった、とでも言うのかな」

佐藤が愛の証拠としてあげるさまざまな薄弱な事実は、何か庭の草木に落ちた日ざしのようなもの、そこにころがっているビール瓶《びん》のかけらなどを気まぐれにきらきらと輝やかす日ざしのようなものであった。そういうものも十分人を娯《たの》しませるし、一瞬の生甲斐《いきがい》のたねにもなりうる。しかし佐藤はそこから逸脱して、この世の確乎《かっこ》不動な事物と同列に並べようとしていたのである。

昇は経験上こういう幻想が、打ちこわしがたいものだということを知っていた。こういう幻想には助言は要《い》らない。彼は黙って聴いた。昇のこのゆきとどいた寡黙《かもく》が、若い佐藤の心にふれた。

「やっぱりわかってくれるのは、あなた一人だと思っていたよ」

永い雪ごもりの生活に激しやすくなった感情から、佐藤の目は潤《うる》んだ。『この涙だ。俺に欠けているのは』と昇は思った。

何事が起ったのか？　昇が自分に欠けているものに感動する！　そもそも彼が、物事に感動したりする！

ここに来てから、彼にはいろいろと新らしい感情が生れたが、それに一等先におどろくのも彼自身なら、同時に、ここに暮している青年たちの中で、環境の影響による心理的変化を、少しも現わさないのは自分一人だという確信も、彼のものであった。昇は人の目にはいつ見ても頼もしく、越冬の孤独を生れながら身につけているように見えたのである。

瀬山がたびたび感に堪えた口調で言った。

「あんたはこんなところにいて、何だってそんなに平気なんだろう！」

贅沢《ぜいたく》な人間がたまさかの粗食に、官能に飽いた男がたまさかの節制に、ものめずらしさの喜びを感じるのはよくあることだが、それは多くは永続きはしない。昇のはこれとはちがって、もっと本質的な喜び、静かな目立たない幸福であった。虚無の中から未知の新らしい感情をすくい出すというこの人工的な作業は、何ものにも愕《おどろ》かない知的な計算を必要とし、動揺しやすい生身《なまみ》の体でその間《かん》に処してゆくことには、かつて彼が欲望を知的仮構と考えていたとき以上に、一種の全く知的な冒険の歓《よろこ》びがあった。

昇の空白な心には、少年時代の彼が知るべくして知らなかった自然なういういしさが生れていた。彼はそのういういしさを見張った。それが自分をどこへ連れて行くかが面白かったからである。

……あるとき昇は、佐藤のあの観念的な恋愛のことを考えていて、突然のように思い当った。

『一体俺にとっての顕子と、あいつにとっての仏像と、どこがちがうのか』

この二つの別なようでよく似た絵すがた。佐藤の恋の観念性と、昇のすでに体を知った女の観念性とが、だんだん同じものに思われてくるのは可笑《おか》しかった。昇は不平ともつかず、一種の満足感ともつかぬ気持で、こんなことを心に呟《つぶや》いたりした。

『この俺が、顔も見られず、触《さわ》ることもできない女のことを、しょっちゅう考えている！』

たまたま雪の絶え間に青空がのぞかれたので、昇たちはまた奥野川の流量を測りに行った。流量はやや衰えていたが、凍ってはいなかった。薄ら氷《ひ》が川岸から流心にむかって、脆《もろ》い刃先をさしのべているだけであった。

仕事がすむと彼は一人でスキーを駆って上流のほうへ走った。例の小滝を見に行ったのである。

雪のなめらかな起伏は川岸へ向って傾き、垂《た》れた枝々は長い影を延ばしていた。小滝がどこにあったか、彼は目標を見失って、しばらくさまよった。福島県の山の切込んだ稜線《りょうせん》が、彼にその在処《ありか》を知らせた。

川にさしのべられた太い橅《ぶな》の枝に手を支《ささ》えて、青年は久しく見ない対岸の小滝を眺《なが》めた。滝は氷《こお》っていた。それは半ば雪に包まれ、からみ合った鋭い氷柱《つらら》になって動かなかった。氷柱は細く錯雑していて、奥のほうに透明な氷の煌《きら》めきを隠していた。折からの西日をうけ、小滝は大そう繊細にかがやいた。

どこかで雪の落ちる音がした。

音は周囲の山々に谺《こだま》した。

そのとき昇は、顕子が呼んでいるように感じたのである。彼はスキーの向きをかえると、宿舎のほうへいそぐ同僚のあとを追った。

その晩、食事のあとで、ストーヴのそばにいる昇のところへ、無電係がにやにやしながら電話を告げに来た。みんなは遠慮なしについて来て、無電室の電話にかかる昇のまわりで聴耳を立てた。

「城所さんですか」

と交換手の春江は言った。

春江の声をきくために、昇の受話器へ耳を近づけた一人は、春江が何の愛想もなく、

「一寸《ちよつと》お待ち下さい」

と言って引込むのをきいて、のこりの一同に首を振ってみせた。

女の声は変った。そしてこう言った。

「城所さん？　あたくし、顕子」

昇は耳を疑ったが、すぐ交換手が声を変えて、悪戯《いたずら》をしているのだろうと考えた。

彼はつとめて平静な声で応じた。

「一体どうしたんです」

「K町まで来たの。どうしてもお声を聴《き》きたかったから。うちの……（彼女は『主人』と言おうとしたが、周囲を憚《はばか》って、言い澱《よど》んだらしかった）……めずらしく九州へ二三日行ったの。それでその留守に……」

声は急に衰えて間遠になった。顕子にちがいなかった。昇は声高に、もしもし、と呼んだが、この「もしもし」には、周囲の技師たちがおどろいたような強い裸かの感情があった。顕子の声は、蘇《よみがえ》ったように、又急に近づいた。その滑らかな燻《くす》んだ響は、顕子の唇のかすかな動きや、ときどきあらわれる白い細かい前歯を、ありありと思い出させた。昇の感動はたとえようもなかった。

「お会いしたいわ。でも雪がとけるまで、だめなのね」

「会いたいなあ」

と青年は何の見栄《みえ》もなしに歎息《たんそく》した。

「お声をきくだけだって、なかなかできないのよ。又いつK町へ来られるかわからないわ。めったに留守にしないんですもの」

と顕子は主格を省いて言った。

「君は元気？」

「ええ、元気。葉書はちゃんちゃん届いて？」

「ああ、僕の返事も？」

「ええ、でも誰が書くんだか、とても変な字。……あら、聴かれたらわるいかしら」

顕子は少し笑った。昇の胸は疼《うず》いた。

「……元気そうだね」

と昇は又言った。

「ええ」

顕子の憂《うれ》いを帯びたいつも不本意なこの返事は懐《なつか》しかった。

「又K町へ来られるといいんだけど、……でもお便りはちゃんちゃんするわ。雪が融《と》けたらすぐ電報を下さる？　すぐ東京へ出ていらっしゃるでしょう。駅へお迎えにゆくわ」

それから二人とも、言い淀《よど》んだ。

「お体をね」と顕子は言った。「……お体をね、気をつけて。よくって？　おねがいだから」

「うん」

又二人は黙った。

「それじゃあ……」と顕子が言った。

「ありがとう」と昇は重い声で言った。

第五章

形ばかりの正月を祝ってのちも、雪にとじこめられた日々がつづいた。積雪は二米《メートル》を越えた。十一月と十二月の最低気温は零下十一度であったが、一月に入って、零下十九度という朝があった。

吹雪《ふぶき》のあとの或《あ》る晴れた午後のこと、すさまじい轟《とどろ》きが耳をつんざいた。方角は奥野川の上流のほうである。しかし音が四壁の山々に谺《こだま》するので、四方でつぎつぎと新たな轟音《ごうおん》が起るようにきこえる。音は起ってからやむまで一分あまり続いたので、そのあいだはこの小世界が、轟音に包まれて、まるで別の世界に変ったように思われた。

一同は二階へ駆《か》け上って、窓ぎわに顔を集めた。窓は格子《こうし》を打ちつけられているのに、硝子《ガラス》がびりびりと慄《ふる》えて鳴った。

見ると奥野川の上流に、雲の湧《わ》くように、夥《おびただ》しい雪煙が立っている。銀山平の尽きるところ、奥野川と喜多川に挟まれて聳《そび》えている細越山の東側に、大雪崩《おおなだれ》が起ったのである。春、高温のつづいた時に起る底雪崩は、大方の予測ができるが、今ごろのは、不安定な積雪が突然崩壊するいわゆる新雪表層雪崩で、全く予測がつかない。

「大発破《おおはっぱ》をかけてやがるな」

「歓迎発破さ、俺《おれ》たちの越冬の」

と一人がうれしそうに叫んだ。窓に並べている若者たちの目は活気を帯びた。

遠い雪煙は、かなり高くまで舞い昇り、また新らしい轟音と共に、白い無数の放鳥のように群立った。宿舎のちかくの巨《おお》きな橅《ぶな》の木の股《また》からは、震動にこたえた一ト固まりの雪が辷《すべ》り落ちて、黒い鮮明な木の肌《はだ》をあらわした。そこから雪崩の地点までの間には、枝をたわめて深雪《みゆき》に埋《う》もれている低い木々は別として、雪を冠《かぶ》って抜ん出ている梢《こずえ》々が、いっせいに異様な感動を身に浴びたように、わなないているのが眺《なが》められた。

沈滞をやぶるこんな暴力的な変化ほど、みんなにとってうれしい贈物はなかった。約一分つづいた轟音が絶えたとき、耳は貪《むさぼ》るようにその音を追った。誰もこの思いがけない自然のお祭騒ぎが、一秒でも永くつづいてくれるようにねがったのである。音が消え、雪煙が納まるにつれて、急な興奮に火照《ほて》った体が冷《さ》めて来る気持はさびしく、一同は思い思いの沈黙に耽《ふけ》った。

昇が一等はやく、このさびしさから醒《さ》めて、皆に適切な任務を思い出させた。時を移さず雪崩の調査へ行こうと提案したのである。瀬山を除いた一同は、我がちに一階の廊下に置き並べてある自分たちのスキーのところへ急いだ。

——現場へ行ってみると、水平距離千五百米に及ぶほどの大雪崩である。細越山の東側には石材のような雪が錯雑して、それ以上奥野川上流へゆく細道はふさがれている。雪崩の一部は川を犯している。雪崩の向うの一端に、川へつき出した崖《がけ》があって、そこまでの距離が、地図で見ると、丁度千五百米あるのである。

切り倒された木の直径は、二〇センチから三〇センチに及ぶものがある。みんな闊《かつ》葉樹《ようじゅ》で、脆《もろ》い切口は笹《ささ》くれ立ち、雪のなかに、青みがかった香《かぐ》わしい黄いろの切口を見せて横たわっているのもあった。樹液に染まったその色はなまめかしかった。

惨劇の現場の静けさ、迫る暮色の早さに、昇たちはジャンパアの襟《えり》を立てた。この一日の終りは挫《ざ》折《せつ》の印象をよび起し、春にそなえていた樹《き》々《ぎ》の無《む》慙《ざん》な死は、春そのものの挫折のように思われるのであった。

あの顯子の感動的な電話は、もちろん越冬の人たちの好個の話題になり、田代と佐藤の羨望《せんぼう》のたねにもなったが、昇はそのときの自分の感動を少しも隠さなかった。むかしから、感情をもたなかった人間が、生《なま》の感情をおそれたりする習練を積んでいる筈《はず》はなかったのである。その結果彼の気持のよいあけすけさには、感情の処理に関する昇の独特の無能力が見られた筈だが、瀬山のような男はそこに昇の育ちのよさ、瀬山の語彙《ごい》に従えば「毛並のよさ」をしか見ていなかった。

皆は昇を「恋をしている男」だと決めてかかっていたが、実は昇にとってこれほど演じにくい役はなかった。彼は、自分が恋をしていると思い込むことが、本当に恋をすることよりも、もっとむつかしい、と謂《い》った男なのである。

肉慾《にくよく》を成立たせる精神の違和感に親しみすぎたこの青年は、彼の精神が顕子をめぐって、或る調和の方向を辿《たど》ろうとしていることに気づくと、ぞっとしないではいられなかった。その先には真暗なものしかないような気がした。

それにしても、何度も思い返されるあの電話の肉声は彼の身内に残って、時たまの夢の内容にも変化が生じた。顕子の白い屍《しかばね》の幻は、蘇《よみがえ》るようなけぶりを見せたのである。手をふれると、なまなましい温か味が感じられ、それが燠《おき》のようにやがて尽きた。又あるときは唇《くちびる》が心持動いて、笑うように思われた。

あの重たい燻《くす》んだ笑い……。

やや汗ばんだようなあの笑い……。

顕子は電話でこう言って、少し笑った。

「ええ、でも誰が書くんだか、とても変な字。……あら、聴かれたらわるいかしら」

――昇は夢の中でその笑いを鮮明に聴く。電話が一つの時期を劃《かく》して、爾来《じらい》疑惑が夢の中へまで追いかけて来ることがなくなったので、顕子も無言の屍でいる必要がなくなったのでもあろうか。昇が石や屍のような不動なものだけを愛するのは、それだけが疑いようのないものだったからではなかろうか。

それかあらぬか、目がさめたあとも、昇には自分が疑惑を忘れているように思われる時があった。そそっかしい人が、傘《かさ》を置き忘れるように。

しかし孤独の平静な幸福の才能を、すでに自分のうちに発見していた彼には、今のこんな単純な快さ、ほとんど安易な快さをも、その延長だと思うことがらくらくとできた。

瀬山がいつかみんなと話していて、昇に彼の社会的責任を問われて、「それに私は越冬中です」と答えたその言葉には、かえすがえすも含蓄があった。越冬の人たちの下界へ向けられた感情は、すべて可能性のままに留っていたが、今使わないとすぐ腐ってしまうような足の早い感情も、この可能性の幻影のおかげで、いつまでも保《も》つように思われるのであった。その結果、どこまでがそうした架空の感情だか、どこまでが本物のそれだか、見当がつかず、皆はしゃにむに個々の統一された観念世界に生きようと努めていた。かれらにはいささか故意に、自分の作った固定観念に落ち込もうとする傾きがあった。時を経《ふ》るにつれて一人一人の顔は、全身これ耳、全身これ鼻、と謂った誇張を示して来る。実際は刺戟《しげき》がなければ、欲望はめったに増大するものではないが、全く自家製の固定観念のおかげで、ある男は全身これ性慾、また、しじゅう御馳走《ごちそう》の夢ばかり見ているある無邪気な青年は、全身これ食慾と謂った顔つきをしていた。

昇は同宿の人たちの顔に、こうしたはっきりした類型が生れるのに興味をおぼえ、ひそかにこの生活を、「仮面劇」と呼んでいた。公衆を前にして自分の役を演ずることは容易ではないが、却《かえ》って孤独のほうがわれわれを、われとわが役の意識せざる俳優にしてしまうのに力がある。一そう深い孤独にいながら、自分一人は俳優になりきれない不幸な昇は、自分には個性が欠けているのではないかと、訝《いぶか》られる時があった。

しかしみんなに共通の、まちがいなく普遍的な、これこそは本物の感情が、只《ただ》一つあった。それは深い雪に埋もれながら、「春を待つこころ」だった。

夕食がすむ。風呂《ふろ》に入る。皆は麻雀《マージャン》や将棋に取組む。昇は一人でぼんやりしていたかったので、よく熾《おこ》った炭をもらって、二階の自室の置炬燵《おきごたつ》の火を補った。

戸外は吹雪である。二階だと、その音が一そう激しい。昇はカレンダアを見る。お節介な瀬山が、自室のカレンダア同様、昇の知らない間《ま》に、この部屋のカレンダアを、も、すぎた日を一日一日、青鉛筆で塗りたくっておく。これはまるで牢屋《ろうや》の習慣だ。一月《いちがつ》はあと一日をあますだけで、紙一面が偏執的にきちんと塗りこめられた濃淡さまざまの青い枡目《ますめ》で埋まっている。

『瀬山のやつ、事務家の才能の発揮のしどころに困っているんだな』

そう思って昇は一人で微笑した。そういえば、炊事夫がこぼしていたが、瀬山は台所へ入りこんで、砂糖の罐《かん》には砂糖と大書した札を貼《は》りつけ、塩にもメリケン粉にも同様の処置を施し、御丁寧に、罐がうしろを向いていてもわかるように、もう一枚裏側にも貼りつけてまわったのである。

昇は風呂に温まった体を炬燵に埋め、吹雪の音をききながら、一人で残り少ないコニャクを少しずつ呑《の》んだ。

『これが青春だ』

と彼は楽しいシニックな気持で考えた。必要にして十分な家庭的環境。処分する前の広い家で、この孤児はよくこういう一人の時をすごしたものだ。

廊下に向った襖《ふすま》をノックする者がある。昇が答えると、入って来たのは佐藤である。セータアの頸《くび》に襟巻を巻き、生《き》まじめな顔は湯上りの光沢を放っている。目がやや常ならず血走っている。

「入れよ」

と炬燵蒲団《ぶとん》を少しもちあげて昇が言った。

「うん」

と佐藤はひどく躍動的なしぐさで、いきなりうずくまり、手から先に炬燵に深くさし入れると、半ば中腰のまま、炬燵蒲団につけた顎《あご》から、鋭い上目づかいで昇を見上げて、こう言った。

「俺、今、決心したんだ」

「何を」

「急に気が変って決心したんだ。越冬がすんだらな」と彼は血走った目を小刻みにまばたいた。「……俺、やることに決めたんだ。いつかの写真の女を」

昇が日頃きいていた佐藤と仏像の女との優雅なロマンスから、この「やる」という粗末な日本語はひどく飛躍していたので、一瞬、昇には佐藤が何を言い出したのかわからなかった。わかってみると、これは決して欲望というようなものではなく、一つの観念をつきまわしたあげく、子供がついには玩具《がんぐ》を壊《こわ》すように、突然その観念をこわしてしまっただけのことだとわかった。

佐藤の息ははずみ、目は腥《なまぐさ》い光りを放っていた。その若い形のよい鼻翼の動くさまは、動物の殺気という感じがしたが、それを性急に動物的だと云《い》うには当らない。昇は絵に描いた餅《もち》、図解した欲望、のようなものを目の前に見て、実物よりも数倍醜いその形にがっかりした。彼はこのときから佐藤を嫌《きら》った。しかしこのいわれのない嫌《けん》悪《お》は一向佐藤に通ぜず、佐藤はまた何かと思いつきを打明けては昇を悩ました。

一方、あの田代の人柄も徐々に変り、赤い頬《ほお》はいつしか失われて、いらいらした、傷つきやすい少年になった。何かというとすぐ怒るので、みんなは田代には気をつけてものを言うようになっていた。

田代は昇にだけは怒らないで、彼の前では渝《かわ》らぬ笑顔を見せた。田代に云わすと、彼の心を傷つけないのは昇ばかりで、他《ほか》はみんな敵であり、自分は一人ぼっちだというのであった。昇はそれが当り前なんだということを、年少の友に納得させようと骨を折ったが、それでも昇の言葉なら、どんな荒っぽい言い方も心を傷つけないという確信に酔った田代は、世界中に味方が一人はいると思う幻想からは、どうしても醒めようとしなかった。

こういう頑固《がんこ》な夢想を託されてみると、昇の心にも、一種の甘さがやすやすと生れた。佐藤に対するときは酷薄になる心が、田代に対するときには温かくひらいた。彼が顕子の上を思う気持もまた、この二つの態度のあいだをあちこちと動いた。佐藤を見ていれば、自分の顕子に対する感情もいっかな愛とは思われず、田代を見ていれば、その同じ感情が、愛だと思われる時があった。しかし青年の思考は今もなお体面にかかずらい、少しでも大人の判断と見えるものに、落着きたいと願うのであった。

瀬山は麻雀が一等強かった。それでいて、麻雀が大きらいだと言っていた。瀬山の一等好きな道楽を、皆はやっとのことで白状させたが、彼はこんな風に答えたのである。

「それは家計簿をつけることとさ。私は女房には一切家計簿をつけさせないのでね。私がいないと、家の経理はめちゃくちゃだろうさ。と云って、ここにいて、家の家計簿をつけるわけには行かないしね」

彼は大ていの社会関係に胡散《うさん》くさいものを嗅《か》ぎ出すという不幸な嗅覚《きゅうかく》のおかげで、いわばこの世に人間関係しか信じていなかったが、家計簿をつけるという大人しい道楽ほど、この要請に叶《かな》うものはなかった。あらゆる点から見て、思想的ぬかみそくさの権化《ごんげ》の如《ごと》き人物。

「こんな晩に、女房子に囲まれて、炬燵に当りながら、家計簿をつけたら、どんなにいいだろう」と彼は舌なめずりするような調子で言った。「魚焼網、三十円。八百屋、六十五円。豆腐、十五円。そば、六十円。たまには奢《おご》って、炬燵布地、五百円、なんて記入するときのそのたのしさ！」

ここの宿舎で全くの無用の人間に他ならない瀬山は、事務家兼宴会屋としての才能のために髀肉《ひにく》の歎《たん》を抱《いだ》いていた。週に一ぺん酒を呑んで大さわぎをする晩に、幇間《ほうかん》の役をつとめるだけでは気がすまず、狂人が病院へ入ってからも自分の生活の習慣を固執するように、いつか身のまわりに架空の煩雑《はんざつ》な事務が山積していると想像するにいたった。毎日数時間自室にとじこもり、せっせと手記を書きためた。それを書き直し、又、浄書した。事務室からもって来た鍵《かぎ》のかかる書類函《しょるいばこ》に、いつもその原稿をしまっているので、何を書いているのかわからない。執務中にのぞくと、あわてて掌《て》で原稿を隠すが、机はいつも事務机風に片づけられ、インキ瓶《びん》はそこ、ペン皿はそこ、吸取紙はそこ、できれば卓上電話も置きたいと謂った風《ふう》である。

「まさか僕らのことを、洗いざらい書いてるわけじゃないだろうね」

とあるとき技師の一人が言うと、瀬山はこう答えた。

「なにね、私の『徒然草《つれづれぐさ》』を書いてるのさ。これも私の健康法でね。運動なんか健康に害があるが、一日のうちの一定時間を執務の状態ですごすことが、最上の健康法なんだよ。私にとっては」

その瀬山が、或《あ》る酒盛りの晩には、風呂敷に詰物をした乳当てをつけ、永々とストリップ・ショウの一場面を演じてみせたりした。

或る日、瀬山が炊事夫と口争いをした。こんなめったにない見世物を見に、一同が集まると、二人は急に諍《いさか》いを止《や》め、お互いにぶつぶつ言いながら引揚げた。瀬山はまたあるとき、例の呑気《のんき》な運転手にも喰《く》ってかかった。もともとこの二人は、当然の理由でしっくり行っていなかったが、こんな風に正面衝突をしたのははじめてである。

二人は人のいない部屋の前の廊下で、何かこそこそと口汚なく言い合った。しかし部屋には、田代が昼寝をしていたのである。田代はきくともなしに、瀬山が声を高めて、捨台詞《すてぜりふ》を吐くのをきいた。

「お前が一番先に餓死すりゃあいいんだ。お前が一番役立たずなんだ」

二月は雪がふりつづき、晴れ間に測った積雪は三米を越えた。寮の空気は濁り、或る者はときどき頭痛を訴えた。田代が風邪《かぜ》にかかって、三十九度の高熱を発した。医師は感染をおそれて見舞を禁じたが、田代があまり昇に会いたがるので、昇一人が特に見舞を許された。

部屋の中はさかんに立てられた湯気のために、空気は温かく潤《うる》んでいた。赤い顔をして寝ている田代の枕許《まくらもと》に坐《すわ》った昇は、氷枕を掌で押えて、乱暴に笑って言った。

「何だ、こんな枕をして、赤ん坊みたいじゃないか」

「この枕の中、何だかわかる？　さわってごらん」

と田代は子供っぽい口調で言った。昇はもういちど掌をあてて、枕をゆすぶった。棒のようなものが並んで犇《ひし》めいていた。

「氷柱《つらら》だね」

「そうなんだ、便利だね。軒のやつを片っぱしから折って、枕につっこんだんだってさ」

田代は笑って少し顔をめぐらした。圧せられていた耳は凍えて赤く、耳のうしろの少年らしい滑《なめ》らかな肌《はだ》の上には、枕のゴムの凹凸《おうとつ》の模様がうっすらと残っていた。

「俺の病気のこと、おふくろに知らせないでほしいな」

「しらせる暇なんかあるかい。さっきペニシリンの注射をしたんだろう。明日の朝は平熱になっちまうさ」

「それもそうだな」

田代は脆《もろ》い、壊れそうな微笑をうかべた。

「ねえ、俺たち餓死することなんかないだろうな」と田代は突然言った。「そんなことを言っていたのを一寸《ちょっと》きいたんだ。交通は杜絶《とぜつ》してるし、食糧がもし切れたら」

昇は笑って否定し、これっぽちの病気では、一人前の病人なら持てる取越苦労の権利などはとても持てないとたしなめた。

田代は熱に乾《かわ》いた唇《くちびる》の笹《ささ》くれを、悪戯《いたずら》そうに舌の先で舐《な》めて黙っていた。田代の心細さは昇にもよくわかったが、同時に、病気によって単調さから救われたその解放感もよくわかった。田代の顔には、一人で授業を抜け出して日向《ひなた》ぼっこをしている生徒の表情がうかんでいた。

「城所さんは見舞は好き？」

「さあ、別に好きじゃないな。……それに、あんまり行ったこともない」

病気によって外界と親密になる経験に乏しい昇は、親密にされる立場にもあまり立たなかった。正直のところ、病気や病人がきらいだったのである。自分の健康が無言の非難で報いられるような気持がして。

だから昇は、田代をこうして見舞って、偽善でないやさしさが心に生れるのをふしぎに思った。たった三週間しか軍隊生活を知らない昇には、共同生活の或るやさしさなどを論ずる資格はなかった。田代と昇、病気と健康とのこの奇妙な親和。

『もしかすると』と昇は思った。『俺の中にも一種の病気が生れて、それが田代と同じように、外界と親密にする必要を俺の中に生ぜしめたのかもしれないな。俺は見かけほど健康じゃないのかもしれないぞ』

彼は病気知らずの人間の無智《むち》な不安を抱いた。病室の温かい湿気《しっけ》、乾草《ほしぐさ》のような夜具の匂《にお》い、手拭《てぬぐい》で包まれた電燈《でんとう》の複雑な影、田代が頭をころがすたびに氷枕の立てる埠頭《ふとう》の海のような音、こういうものには昇の心から、あいまいな仕方で孤独を稀《うす》めてしまうようなものがあった。

「ダムは一体できるのかな」

と又田代が唐突に言った。

病人に遠慮してつけずにいた煙草に、昇はとうとう火をつけた。燐寸《マッチ》を擦《す》る音は、沈黙のうちに鋭いかすれた音の傷痕《きずあと》を残した。

「いつかできるさ」

「いつかねえ。そのうちに資金が杜絶して……」

「杜絶したって、いつかはきっとできるさ」

「こうして何もしないで、雪の中で春を待っていることが、ダムを作る仕事の一部分だって思うことは難《むず》かしいね」

「難かしくても、それは間違いがないよ」

「おかしな話だなあ」

「何もしないことも仕事の一部だからな」

「ダムがもし生き物だとすると、俺たちは象みたいな、とてつもなく巨《おお》きくて、寿命が永くて、成長のおそい動物と附合っているような気がするんだよ」

「象は象使いより長生きだものな。しかしたまには、象使いは象の大きな影のなかで昼寝をするのさ」

田代の風邪はすぐ治った。蔓延《まんえん》の気配はなかった。しかしある朝、歯を磨《みが》いていた一人が、歯茎からしらぬ間に出血して、歯刷子《はぶらし》が赤く染まるのに気がついた。彼がその話を仲間にすると、自分もこのごろ歯刷子が血に染まるという者が三人もあった。そこで退屈から救われたかれらは、早速壊血病の心配をしたのである。

四人は医務室へ行き、診察をうけた。このごろの多忙に気をよくした若い医師は、甲斐甲斐《かいがい》しく四人に椅子《いす》をすすめ、診察のすんだあと皆で飲めるように、珈琲《コーヒー》の湯沸しを電熱器にかけた。彼は一人一人の歯茎を押してみたり、口の匂いをかいだり、瞼《まぶた》の裏側をしらべたり、膝《ひざ》の下や手頸《てくび》を念入りにつかんだり、ふくらはぎを引張ったりした。こういう仕草はすべて恭《うやうや》しく、気がきいていて、いかにも嬉《うれ》しそうだったので、患者たちは歯茎から血の出たことで善根を施したような気持になった。

「なあに、壊血病というほどのことはありません」と若い医師は、手を濯《すす》ぎながら、その手を濯いで物を言うという職業的動作をゆっくりと享楽《きょうらく》しながら言った。「ヴィタミンCの不足ですね。しばらくCを打ってみましょう。それにしても、食糧のことに私が口を出すのはちょっと専門ちがいだが、毎日毎日、味噌汁《みそしる》の種は煮干や昆布《こんぶ》ばかりで、それもだんだん少なくなってくるのは妙ですね。檸檬《レモン》や林檎《りんご》なら貯蔵がきくのに、はじめからもって来なかったのか、一向お目にかかりませんね」

宿舎にこうして、恐慌《パニック》が用意された。

食事のたびに、一同はなんとなく惣菜《そうざい》が乏しく、飯が少なくなるように感じたが、紳士ぞろいだったので、表立てて口を切ろうというものがなかった。しかし食事と食事とのあいだには飢餓感に襲われた。はっきり腹が空《す》くというのではなく、何かしら手持無沙汰《ぶさた》で、しらない間《ま》に鉛筆を噛《か》んでいたりする。心持の空虚がはげしく、以前には食事のあとで一時的に感じられたあの満ち足りた思いがなくなった。

ある朝、朝食の食卓に並んだ一同は、飯を配って歩く炊事夫の姿を、申し合わせたように目で追った。炊事夫は瘦《や》せた背の高い老人で、皆が「鍋鶴《なべづる》」という渾名《あだな》をつけていた。

鍋鶴は長いエプロンを首からかけ、筋ばった指の長い手で、気どった手つきで皿を配って歩く。それから味噌汁の鍋を運び、木の蓋《ふた》をとって、皆が掬《すく》うに委《まか》せる。鍋からは湯気が夥《おびただ》しく立っている。湯気がやや去ったあと、のぞいてみると、味噌の色は大そう薄く、ただの湯のように見えるのである。

皆はいつものようにざわざわと箸《はし》をつけない。顔を見合わせて黙っている。鍋鶴はこの黙禱《もくとう》のような気詰まりな沈黙に、とうとう気圧《けお》されて、こう言った。

「さあ、おあがりなさい」

「こんなもの喰えるか」

と誰かが言下に、低い強い語調で言った。

「おじさん、一寸話があるんだ」とそれまで箸をおもちゃにしていた佐藤が、生まじめな目をあげて言った。「食糧は一体この先、大丈夫なのかい」

鍋鶴はのろのろと端っこの椅子に掛けた。そしてうつむいて、胡麻塩《ごましお》の顳顬《こめかみ》の毛を、双の掌でこすり上げながら、ぽつりと言った。

「実はいつかそれを訊《き》かれると思ってました」

「危ないのか」と田代が泣きそうな顔で言った。鍋鶴は黙ってうなずいた。皆は思わず顔を見合わせ、気のきいた一人が、味噌汁が冷《さ》めないように、又蓋をした。

「どうもはじめから、私は足りないような気がしたんだ。しかし瀬山さんが……」

瀬山一人は朝がおそく、いつも遅れて来るので、そこにいなかった。

「しかし瀬山さんが、食糧を運んで来るたびに、俺の責任だから秤《はか》りなおす必要はない、と言うんでそのままになっていたんだ。使ってみると、二人口がふえたにしても、雪どけまではじめから保《も》つわけがなかったことがわかって来た。どうも足りない。私は瀬山さんを詰問《きつもん》したが、あの人は、そんなわけはない、と云《い》って、却《かえ》って私を罵《ののし》るんだ。私もカッとしたが、瀬山さんのいうのも尤《もっと》もだと思って、今まで黙っていたんです」

「瀬山は何て言ったんだ」

「皆に決して言ってはいけない。不安にさせるから、言ってはいけない。何とかやりくりして、雪解けまで喰いつなげるようにしろ、と言ったんです」

運転手がそれをきいて口を切った。

「私もこのごろ、どうも怪しいと思い出したんだ。それで瀬山さんを詰問したら、あの人はひどいことを言った。お前が一番先に餓死すりゃあいいんだ、と言ったんです。今になって、どうも妙だと思うのは、あの無精な瀬山さんが、いくら自分の責任だからと云って、越冬資材の運搬のたんびに、いちいちここまで同乗して来ていたんですからね。こっちで量目をはかられるのが怖《こわ》かったんじゃありませんか。最後の薬品輸送の時だって、用もないのについて来たばかりに、越冬ということになったんだから。ふだんの瀬山さんなら、責任観念旺盛《おうせい》なあまりにこんなヘマをすると云うような人じゃないんだから」

「それにしても馬鹿《ばか》だね」といくらか冷静な一人が言った。「もし仮りにあの人が少しばかり私腹を肥やしても、そのおかげでこれだけの人数が餓死したら、ただの責任問題じゃすむまいよ」

「そこですよ」と鍋鶴は言った。「瀬山さんは匙加減《さじかげん》をまちがえたんですよ。炊事夫の私にさえ気づかれない程度に量目をごまかして、越冬はとにかく無事にすんで、少し食糧は不足気味だった、という報告ぐらいで、万事型がつくと思っていたんでしょう。ところがそれ、はじめての越冬で、資料が好い《い》加減だったもんだから、たださえ足りない計算から又削って、こんなことにしてしまったんですよ。はじめからそれほど悪意のある計画じゃなかったんでしょう。ここの坊《ぼっ》ちゃん方を殺したら一大事ですからね」

「瀬山がごまかしたことは確実なのかね」とはじめて昇が口を切った。炊事夫と運転手は、口をそろえてそうだと言った。

「よし」

昇は急に椅子を立って、食堂を出た。

瀬山はまだ蒲団《ふとん》も畳まずに、片手に箸箱を、片手に煙草《たばこ》を持ってうろうろしていた。昇が入ってゆくと、顔を見ずに、

「ああ丁度よかった。私も今朝飯に行くところだった」

と意味のないことを言った。妻帯者の蒲団の乱れはうそ寒く、他の若い技師たちの

朝の部屋の清潔な乱雑さとは心なしかちがっていた。瀬山は足の指で、畳の上のタオルをつまみあげて、それを長押《なげし》の釘《くぎ》にかけた。

黙って立っている昇の顔を、はじめて見た瀬山は顔色を変えた。灯はともしていなかったが、窓の雪明りが彼の顔に光沢《つや》のない白さを与えた。

「何だね」と瀬山は事務室へものを訊きにきた新米をあしらう語調で言った。生憎《あいにく》こんな芝居気は、昇には利目《ききめ》がなかった。

「食糧が足りないんだが、どうしたんだ」

「誰がそう言いました」

「炊事夫だ」

「ちょッ、鍋鶴め。俺が折角隠していてやったのに……。あいつがごまかして、越冬前に近所の民家へ安く売ったんだよ。今になって皆に白状するというから、俺に委《まか》しておけば何とかしてやる、と言っといたのに」

「君が何とかしたまえ」

「へえ、どうすりゃあいいんです」

昇の腕が伸びて、瀬山の頰を擲《なぐ》った。瀬山は抗《はむか》おうとしたが、両手に箸と火のついた煙草をもっていたので、それを捨て迷うあいだに、今度は顎をなぐられた。彼は具合よく夜具の上へ仰向けに倒れたが、昇を、別に憎悪《ぞうお》もなく他人を見るような目でちらと見ると、それから手の煙草を、いざりながら机の上の灰皿に捨てた。そのごくゆっくりした体のひねり方には、自《みず》ら屈辱をたのしむようなものがあった。

昇は一度坐《すわ》ろうとして、うしろの襖《ふすま》をしめてから、胡床《あぐら》をかいて坐った。曇り空の朝の部屋は暗かった。

「一服どうです」

と瀬山は新たに新生を一本さし出し、自分も口にくわえた。断わるのを大人気ないと思った昇はうけとった。瀬山は燐寸の火を昇の煙草につけるのに、不必要に顔を近づけた。煙の一ト固まりを吐き出してから、瀬山は言った。

「気のすむようにしたらいいんですよ。今度は私の顔に、墨で髭《ひげ》でも描《か》いてくれますか」

書生時代の瀬山の顔に、墨で八字髭を描いたという挿話《そうわ》を思い出した昇は、拳《こぶし》の一撃の瞬間に、瀬山の記憶が昇とまるで別な方向へ走っていたのを知った。一度人の家の書生をしたということが、十数年後まで咄嗟《とっさ》に記憶をゆすぶって、自分のうけた危害を意味づけるということの心の動きは、昇にはまるでわからなかった。この男は一体、今もなお昇から、「階級的ないたわり」を期待しているのであろうか。昇は実際こんな推理を働らかす自分までが不快になったが、今は仕方なしに、瀬山が期待しているだろうような詫《わ》びを言った。

「すまなかった。ついカッとしたんだ」

これは昇にも似合わない月並な挨拶《あいさつ》である。

「いや、感心したよ。あんたに人を擲れる気魄《きはく》があるとは思っていなかったよ、失礼ながら。それでこそ城所翁《おう》のお孫さんだよ。立派だよ。私はうれしかったよ」

瀬山がこうして濶達《かったつ》さを装《よそお》うそのやり方には、何か軽業《かるわざ》のようなものがあった。それればかりではない。手をさし出して握手を求めたのである。

やっと自分を取り戻した昇は、握手をしながら、相手の顔を見ずにこう言った。

「これ以上、俺のほうは追究しないから、とにかく何とかしてくれ」

「しますよ。しますよ。私だって、女房子を置いて、何も餓死するつもりはないんだから」

「しかし交通は杜絶《とぜつ》してるし……」

「大丈夫ですよ。私に委せておきなさい。十日以内にきっと何とかするから」

その日一日、昇には自分が新鮮だった。彼を動かしたのはごく単純な感情で、低級な正義感だと謂《い》ってもよかった。そういうものに昇が動かされるのさえふしぎであるのに、彼は衝動の赴《おもむ》くままに、瀬山を二度も擲ったのである。自分が衝動にかられて行動する！　今までこのせい一杯冷静な青年は、衝動で女と寝たことが一度もないことを矜《ほこ》りにしていたのである。

ほんの数分間にもせよ、ごくわかりのいい正義感に動かされて行動したことで気をよくした青年は、擲られた瀬山の心理の研究をおろそかにした。終日青年の体には何か快い活力が溢《あふ》れていたので、それが彼をしてやすやすと偽善に陥らせた。ここの生活をはじめてから瀬山の美点をみとめるようになっていた昇は、瀬山に関する破廉恥《はれんち》な噂《うわさ》で友情を裏切られた結果、要するにいわゆる「友情の怒り」が、瀬山を擲らせたのだと解釈した。こんな都合のよい解釈のおかげで、午後になると、もう彼は、青年らしい晴れ晴れとした眼差《まなざし》を、瀬山へ向けることのできる「男らしさ」に満足した。

彼のこうした心の動きには、田代の讃嘆《さんたん》があずかって力があった。あの活劇を廊下から盗み見ていた田代は、事の次第を一同に告げ、自分は前々から思っていたように、昇を本当の英雄として眺めることにしたのである。

皆が意外にも思い、呆気《あっけ》にもとられたことは、この小事件以後、瀬山が俄《にわ》かに活気を呈して、むしろうきうきとして見えたことである。擲られたことで、彼が愉快になったとしか思えなかった。瀬山は無電室と食堂を忙しく往復しはじめ、食堂を事務室代りにしてそこで文案を練っては、又いそがしく地下の無電室へ下りた。彼は十いくつ電話をかけ、十二通の電報を打った。おそるべき事務的情熱のとりこになり、彼のいわゆる「手を打って」まわったのである。

食糧の不足分の精密なデータを提供する。宿舎の食事の現状について、はばかるところなく誇張を弄《ろう》する。しかもこんな惨状を、のこらず越冬資料の不備のせいにすることを忘れなかった。技師たちは、瀬山が自分の立場を逆転させて、食糧の絶対量の不足の発見を、自分の功績のように報告する遣口《やりくち》におどろいたが、彼が電話口で霊感に襲われたように、

「そうだ。ヘリコプターだ！　ヘリコプターだ！」

と叫ぶのをきいては、喜色をうかべずにはいられなかった。

一週間後の三月一日の早朝、K町の事務所から電話がかかった。午《ひる》まえにヘリコプターが、宿舎へ食糧を投下する。ヘリコプターはすでに東京から飛来して、K町の事務所前に待機している。食糧は約六百キロあるから、二回往復して運搬する。という

電話である。

瀬山の得意さは底知れぬものがあった。この一転した空気がいつのまにか瀬山を、救いの神に祭り上げるさまに昇はおどろいた。政治の要諦《ようてい》は、まず冷やすこと、それから急に温めることであった。温められた人間は、かつて同じ男に冷やされたことを忘れてしまうのだ。今では昇には、宿舎の食糧不足が、瀬山の人心収攬術《しゅうらんじゅつ》の伏線であったかもしれぬとさえ思われた。よし瀬山は越冬を共にしなくても、こうした事態から、同じ収穫をあげ得た筈《はず》である。

廊下で、昇は何か紙の束を抱《かか》えて駈《か》けて来る瀬山にぶつかった。

「あっ、失礼」

と云ってゆきすぎかけた瀬山は、廊下のむこうに立止って、昇をまじまじと見た。

「何だい？」

と昇は近づいた。

「いや、……ね」と瀬山は口籠《くごも》った。「まあいいや、あんたにだけは言っちまおう。私は今日ヘリコプターでかえりますからね。いろいろお世話になりました」

「そう？　しかしヘリコプターは着陸できるかな。こんな雪の中へ」

「えっ」

瀬山は顔色を変えた。それから物をも言わずに昇を引張って、無電室へ下り、電話をかけた。瀬山のはてしれぬ上機嫌《じょうきげん》が、帰宅の希望にかかっていたのを知った昇は、自分の思いすごしを可笑《おか》しく思った。

瀬山は電話口へ噛《か》みつくようにして、操縦士を呼んでくれ、と叫んだ。操縦士の落着いた太い声は、かたわらの昇の耳にもきこえた。

「……着陸は不可能だと思います。人間の釣上げですか？　さあ……ベル型じゃあ釣下げもむつかしいのに、釣上げはとても……。ええ、別にそういう指示は受けておりませんです……」

瀬山の落胆は、はたの見る目も気の毒で、彼はがっかりして腰を下ろすと、硯箱《すずりばこ》を引寄せて、洗い立ての自分の手巾《ハンカチ》に、墨で大きく「ありがとう」と書いた。この心理的な変化の径路をどうしても呑《の》み込めなかった昇が、何にするのかと尋ねると、

「私の身代りさ。こいつをヘリコプターに載せてやるんだ」

と瀬山は当り散らすような口調で答えた。それからしばらく、彼は無電室の椅子《いす》にもたれたまま、「陰謀だ……陰謀だ……私を帰らせまいとしているんだ」などと一人で呟《つぶや》いた。

一同は朝食もそこそこに、雪晴れの戸外へ出て、宿舎の前の柔らかい雪を掻《か》いた。風はなく、スコップの作業の半ばに、かれらは手を休めて汗を拭《ふ》いた。一人が紅殻の粉を探《さが》してきて、雪の上に、大きく「歓迎」の二字を描《えが》いた。描《か》いた当人は、二階へ上ってその字を見て、また辶《しんにゅう》の形を直しに下りたりした。

午前十一時に、二階の窓から望遠鏡をのぞいていた見張の者が、凍結した喜多川の上流の空、骨投沢《こつなげざわ》のあたりの空に、機影をみとめて、一同に告げた。

ヘリコプターは地表から百五十米《メートル》ほどの上空を、ゆるやかに喜多川ぞいに向って来た。

「なんだ。自動車とおんなじ道を来やがるな」

と田代が叫んだ。

機影は眩《まば》ゆく光っている喜多川の氷上を辷《すべ》った。次第にけだるい爆音が近づいた。二百馬力の、ベル四十七D型のヘリコプターである。前面のケビンのプラスチックの丸い覆《おお》いが日にかがやいて、祭日の旗の玉のようにきらきらしている。

一同は手に手に帽を振り、歓声をあげた。ヘリコプターは青く塗られていた。尾翼とその先のテイル・ロータアは黄と黒であった。地面と水平に、半径五メートルのロータアが勢いよく廻っている一方、小さなテイル・ロータアは地面と鉛直に、黄と黒の斑《まだ》らの虹《にじ》をえがいて廻った。ケビンの下部に白字で描かれた登録番号が、JA7008と明瞭《めいりょう》に読めた。

こんな鮮明な色彩が周囲の単調な雪山の風景に、一種の緊張を与えた。山々は、爆音を反響させ、青い冬空との間を劃《かく》したその見馴《みな》れた稜線《りょうせん》は、機械的な明るい構図のうちに包まれた。機影が山肌を辷って近寄るのを見ると、走って行ってその機影を身に浴びたいような気がした。鍋鶴《なべづる》は長いエプロンをしきりに振った。

ヘリコプターは、ほぼ百米の高度のまま、宿舎の上空まで来て、そこで昇降機のように垂直に下降した。十五米ほどのところで、巧みな操縦で、小ゆるぎもせず、空中《ホヴァ》停止《リング》をした。操縦士の笑っている顔が見える。鼻下に髭《は》を生やしている。四カ月ぶりに見るこの他人の髭は、云《い》いようのない親しみを与えた。

鉤《かぎ》にズックの袋をかけた長いロープが、ヘリコプターから手繰《たぐ》り下ろされた。荷は少し揺れながら、ぐるぐると廻ったので、影が袋の凹凸の上をめぐった。鉤が目の前へ来ると、一同はとびついて荷を鉤から外《はず》した。歓声があがり、「ありがとう」と書いた瀬山の手巾の小旗が鉤に結ばれた。

ロープは忽《たちま》ち、大まかに揺れながら、青空へ向って昇った。その昇ってゆく縄《なわ》の力が、空に泛《うか》んでいる一人の人間の力だと思うことが、感じやすい若者たちの心を幸福にした。

第六章

三月上旬のある晩、かれらは狐《きつね》の声を聴《き》いた。それは雪のない夜で、ストーヴの焔《ほのお》のごうごうという音にまぎれて、突然鋭い、凍《い》てた空気を鞭打《むちう》って鳴るようなその声を聴いたのである。遠くを走るらしい声が、又それにこたえた。

奥野川は水嵩《みずかさ》を増した。一月の一秒当り八・三立米《りゅうべい》から、二月に六・五立米に落ちた流量が、三月に入って、たちまち倍増して、一二・七立米になったのである。昇たちの流量調査にあらわれたこの今年最初の増水の数字は見飽かなかった。調査に携わらない人たちも、何かの香《かお》りがあるもののようなこの数字を、熱心に回覧した。

雪は少しずつ間遠《まどお》になった。あれほど深い沈黙《しじま》に包まれていた戸外には、時折雪の崩《くず》れ落ちる音を聴くようになった。

昇は次の季節に対して、兎《うさぎ》のような過敏な耳を立てて暮す毎日を、今はふしぎとは思わなくなった。都会にいたころ、彼の考えていた未来はひどく難解なものだった。彼がそれを信じようとしなかったのも無理はない。ここでは未来は単純なものだった。

信じないほうが、むつかしかった。それは春にすぎなかった。

握ろうとしても指のあいだからこぼれ落ちてしまった粉雪が、いつかしらしっとりと潤《うる》み、握った指の形を印《しる》し、掌《て》の中に堅固な玉になって据《すわ》っているのを見るのは、子供らしい喜びである。永らく拒んでいたもののこの最初の和解。……昇たちはいくらか温かい日には戸外へ出て、雪を握って、むこうの橅《ぶな》の幹に当てっこをして遊んだ。幹に当った雪の玉は、夜目にも白く、二三日のあいだ残っていた。

日ざしは徐々に暖かみを増した。ある午後など、日の当っている窓硝子《まどガラス》に手を触れてみた一人が、指先につたわる硝子のほのかな温味《ぬくみ》を、自分一人で味わうのが惜しくなって、わざわざ隣室までしらせに行った。

軒の垂氷《たるひ》は細まった。晴れた日には氷柱《つらら》の先から滴《しずく》が落ち、軒下の雪に穴を穿《うが》った。二三の氷柱は根本《ねもと》から離れ落ちて、剣《つるぎ》が鞘《さや》にはまるように、今まで水滴が穿っていたその穴深く刺さるのであった。

しかしこういう春の兆《きざし》も、又思い出したように降る雪のために、何度となく中断された。

春が近づくにつれて、昇は顕子が遠いところからだんだんと近寄るような気がした。遠い一個の観念にすぎなかったものが具体性を増し、顔かたちが見分けられるようになり、声も届き、今は微笑もはっきりと目に映るように思われた。しかしそれは生《なま》の具体性ではなくて、観念の深化による具体化、ちりぢりになった世界の底から掻《か》き集められ、継ぎ合わされ、生命《いのち》を吹き込まれたふしぎな存在だったのである。

あの拳《こぶし》の一撃以来、これが昇の威丈高《いたけだか》なところだが、すまなさが別な形に昂《こう》じて、彼は瀬山に対して善意を行使する権利——義務ではなく——を得たように感じた。ヘリコプターだのみの帰宅をあきらめた瀬山の、憐憫《れんびん》をそそる顔つきは、又それを期待しているように見えたのである。新たに生れたこんな友情の証《あか》しとして、昇の思いついたことは少々変っていた。彼は瀬山の愚痴や子惚気《このろけ》の良い聴手になってやるべきではなかったか？　逆に昇は今まで打明けなかった恋の聴手に、瀬山を選ぶという恩恵を垂れたのである。

それというのも、昇はこれまで告白の衝動というものに襲われた経験が皆目なかった。夜毎《よごと》に任意の人間になるあの生活の快楽は、秘密がその快楽の大きな要素だったし、少年時代にも、愛されることを当然と考えていた少年は、この年頃特有の無邪気な吹聴癖《ふいちょうへき》を知らなかった。アンリ・ド・レニエの箴言《しんげん》にあるように、「女の心の中で男が一番に軽んぜられるのは、彼等が情事の秘密を守らない点だ」とすれば、昇が女という女から重んぜられたのは当然であろう。尤《もっと》も彼の秘密の天分は、自分の私生活に対する放任と無関心と侮蔑《ぶべつ》のおかげを蒙《こうむ》っていた。結ぼおれては流れ去る生活の細目は、告白に値いするものとは思われなかった。多分年をとってやることがなくなったら、ひからびた思い出を随筆に書いて、それで世間をあっと云《い》わす気になるかもしれない、と考えることはあったが。

誰彼かまわず告白したがる佐藤のあの観念的な露出趣味に閉口しながら、昇はもし自分が告白するとなれば、この告白はいささか特別の価値をそなえていると考えたのもふしぎはない。しかし、こんな価値判断そのものに彼の変貌《へんぼう》があらわれていたというのは、他人にきかせる告白の価値判断は本来他人の判断であるべきだから、今まで物事に自分の判断をしか顧みなかった昇が、いつのまにか他人の、人もあろうに瀬山の判断を信頼しようとしていることを意味していた。彼は瀬山がよろこんで聴くだろうと疑わなかった。

しかし昇がすべてこれらの好《い》い気な心理に無意識だったと言ってはならない。若い意識家の心には一種のクウ・デタが起って、心が意識的に働らこうとする傾向を、無《む》理強《りじ》いに無意識の領域へ追いやろうと力《つと》めていたのである。

『俺《おれ》は瀬山に打明けようとしている』と青年は心に呟《つぶや》いた。『これはもしかしたら、その告白がどうにも聴手を探《さが》さずにはいられないほど、俺の中で重味をましてきたせいかもしれないぞ。俺は又、瀬山がその告白に高い値踏みをするだろうと信じている。これはひょっとすると、俺の自分の判断が、もっと強い力のおかげで、ぐらついているためかもしれないぞ。俺は打ちあけたいという欲望に盲目になり、それを打ちあけることの喜びを他人も頒《わか》ってくれるにちがいないと思っている。してみると、どうだろう。俺は恋をしているのかもしれないんだ』

告白のきっかけは容易についた。一週間毎にK町へ届く顕子の葉書を、搬送電話で昇がきいているかたわらには、もしか妻子の便《たよ》りがなかったかと聴耳を立てている瀬山がいたからである。

家族から何の便りもなかった瀬山は、手持無沙汰《ぶさた》に、昇にお座なりの冷やかしを言った。青年は笑って答え、部屋へ呑《の》みに来ないか、と瀬山を誘った。

昇の部屋には残り少ない一瓶《ひとびん》があった。リュショールの贈物をみんなに分配したのち、彼はジョニイ・ウォーカアの黒レベル二本とコニャクの一本をとっておいた。それを少しずつたのしむうちに、最後の一本のジョニイ・ウォーカアも、半げを残すばかりになった。

瀬山はこの貴重な振舞に感激してみせ、酔うより先に酔ったふりをする宴会掛《えんかいがかり》の習性を発揮して、擲《なぐ》られたあとに生れる人間同士の本当の理解を力説したり、自分を「男一匹」と呼んでみたり、「男の友情」を讃美《さんび》してみせたりした。日外《いっぞや》の論争のときの瀬山と、こういう浪花節《なにわぶし》的な瀬山とのあいだに、どういう関係があるのかまるでわからなかったが、ヘリコプターで帰ろうとして失敗した瀬山には、少くともあらゆる失敗が第三者の心によびおこす好意に訴えるものがあった。

瀬山のふしぎな動物的反応のおかげで、酔うほどに、昇が口を切ろうと思っていた告白は逆転して、すらすらと訊問《じんもん》の形をとった。

「あの電話の女性は誰です。リュショールの娘《こ》だとすると、どの娘《こ》だろう。あんたもまったく口が堅いね。ここの宿舎じゃみんなその噂《うわさ》をしているのに、誰一人、彼女がいかなる女性だかつきとめた人はいないんだからね」

酔うと瀬山の顔いろは、赤というよりは紫がかった。角ばった顔の、三角形をしている小さな目はますます窄《すぼ》まり、生れながらに、節穴から覗《のぞ》いているような目になった。

「リュショールの女じゃないよ」

「えっ？　リュショールの女じゃないって？　そうすると、リュショールの他にもいたわけかい」

「リュショールの女たちはね、あれは俺の姉妹みたいなものなんだ。電話の女はまったくの素人《しろうと》なんだ」

「へえ、そりゃあ初耳だね」と瀬山は案の定、昂奮《こうふん》して話に乗って来た。「リュショールは何ともないのかね。これはおどろいた。十一月に寄って、あんたの『よろしく』を伝えたときには、みんな喚声をあげて喜んだものだぜ。もっともあれがみんなあんたの女なら、ああ仲良く喜ぶわけはなかったが」

昇は手もとの本の間に挟《はさ》んである顕子の二度目の手紙をとり出して、瀬山の前へ投げた。一度目の手紙は差障《さしさわ》りがあったからである。

「へえ」

瀬山は鈍感な指先で、手紙を引っくりかえして、と見こう見した。

「菊池顕子」

と口に出して読み、住所は口のなかで読んだ。

「このへんなら知ってる。遠縁の伯父の家の近所で、こりゃあ閑静ないいところだ。多摩川が近くだろう」

「そうだよ。知り合ったのが多摩川なんだ。川のほとりを散歩している彼女をはじめて見たんだ」

「ほう、川の精だな」

瀬山は宴会向きの気の利《き》いた合槌《あいづち》を打った。

昇が、手紙を読んでもいい、と言ったので、瀬山は「重要案件」を丸秘の封筒から引張りだす手つきをした。読むうちもまことにさわがしく、「お安くないなあ」とか、「おいおい、当てるなよ」とか、世間普通の合の手を夥《おびただ》しく挟むのであった。

昇は都会の夜のあの広汎《こうはん》な生活のことは何も話さなかった。顕子の一例だけを詳しく話したが、この気品のある青年の告白が、余計な細目にわたらなかったことは言うまでもない。顕子が人妻であること、夜をすごしたのはただ半夜であること、そのときに恋の契約をしたこと、手紙のやりとりやあの突然の電話で昇が今では自分のしらえた罠《わな》に自分で落ちたように思われること、こういう一連の精神的ないきさつだけを話したのである。

聴いている瀬山の目は、ほとんど夢見るような体《てい》である。他人《ひと》の私生活の物語、しかも自分とは何の関《かか》わりもない私生活の告白が、それほど瀬山をうっとりさせるのを見ては、昇は予想を上廻る効果に却《かえ》って興褪《きょうざ》め、告白によって昇自身が感じるだろうと思われた甘美な気持を、何割方か差引かれる始末であった。

瀬山はなかなかこの陶酔からさめなかった。ぼうっとして、今は黙ってしまった昇の広い額を眺《なが》めた。詩人が雲を見て霊感にかられるように、瀬山は他人の私生活をのぞくことで詩的な気持になるらしかった。

彼はやっと何か思いついた。これだけは聴きのがすわけには行かないことを、まだ聴かずにいたのである。

「それで、あんたは何に惚《ほ》れたんだ。その人のどこに惚れたんだよ」

昇は簡潔に、はっきりとこう言った。

「あの女は感動しないから、好きなんだ」

この大そう難解な返事は、明らかに瀬山を混乱させたが、昇がそれ以上の追究を受けつけないという態度に出たので、瀬山は口の中で何か不平を呟きながら、訊問を打切った。

スキーに戸外へ出ることが多くなってから、若い技師たちの顔は雪灼《ゆきや》けのために黒くなった。スキーのできない瀬山は、雪を掻き落した石炭小屋のトタン屋根の上に仰向けに寝て顔を灼いた。日の当るあいだ、その屋根は大そう暖かく、陽炎《かげろう》が彼の体を包んだ。雪のあいまには、時あって春さきの軽い雨が幾度か降り、それが古い積雪の汚れを増した。スキーのかえりなど、トタン屋根に寝ころがって本を読んでいる瀬山を遠望すると、本の白い表紙は、まわりの汚れた雪のために、あざやかに白く光るのであった。

雪景色はほんのちょっとした変化で眺めを変えた。たとえばきのう雪に覆《おお》われていたところに、つややかな常緑の樹《き》が日を浴びて立っていたりする。まるで奇蹟《きせき》のようだ。あるときには、奇蹟の現場に居合わせることがある。雪に伏していた樹が、急に目をさました大きな鳥の、乱暴に羽搏《はばた》きをするように、たわめていた枝をのばして立上るのである。弓鳴りのような小気味のよい音に、雪があたりへ蹴《け》散らされる音がまじり、起き上った樹はしばらく身を揺らしている。葉や枝の根本《ねもと》にまだこびりついている雪もあるが、樹はすこしも傷ついていず、前立っていたのと同じ姿で、その瞬間から、またそこに立っているのである。

原石山へ出かけた一組が、喜ばしい報告をもたらした。兎《うさぎ》の足跡を見たというのである。沢のあたりに、あきらかに兎とわかる足跡が入り乱れ、豆を散らしたように黒い光沢のある糞《ふん》がちらばっていた。

ある日兎狩りに出かけた一同は、追いつめた数疋《すうひき》を、一組が崖《がけ》へと追い上げ、崖の上から狙《ねら》っていた数人がこれを上から射《う》った。昇の射留めた一疋が、この大がかりな狩猟の唯一《ゆいいつ》の収獲で、その晩には鍋鶴《なべづる》がうまく肉の臭味を消して、ヘリコプターで運ばれた味噌《みそ》をふんだんに入れた兎汁を供した。

熊《くま》や羚羊《かもしか》も姿を現わし、土地の猟師は熊の胆《い》や四五千円で売れる熊の毛皮を求めて猟に出た。ダム建設所の人たちは時折その肉のお裾分《すそわ》けにあずかったが、禁猟の筈《はず》の羚羊の肉、猟師たちの巧みな表現によれば「崖から落ちて死んでいた」羚羊の肉も、それにまじって贈られることがあった。

春の最初の黒い土を見ることが、これほどの歓《よろこ》びをもたらすのを、昇ははじめて知った。すでに柔らかな雪は、うっかり行くと、太腿《ふともも》まで足を埋めた。雪はまず宿舎の周辺、熱い石炭殻を捨てる一劃《いっかく》から融《と》けはじめ、一カ所に風呂敷《ふろしき》ほどの黒い土が見え、それが日と共に広くなった。

その土を踏みに行こうと言う者がある。みんなが賛成する。久しく使わなかった地下足袋《たび》をはいて、かわるがわるその土を踏みに行った。かれらの地下足袋の蹠《あなうら》に、土は根深い弾力を帯びて応《こた》えた。

或《あ》る者は、その上で地下足袋を脱ぎ、跣足《はだし》になってまだ冷たい土を踏んだ。その小さな土の部分が広大なものにつながっていることが、これほど足の触感からじかに心に触れることはなかった。久しく絶えていた音信が通じ合い、ふたたび自分たちの存在が、在るべき秩序に組み入れられたような気がしたのである。

最後の雪は、四月の二十四日に降った。

土の上のその雪はたちまち消えた。後《のち》の雨に、濡《ぬ》れては乾《かわ》いていたこの小さい領土には、こまかい雑草の緑が芽立ちはじめていた。

ある朝、食卓にはえもいわれぬ香りが漂い、青年たちは競って味噌汁を椀《わん》に掬《すく》った。それは鍋鶴が沢まで行って摘んで来た蕗《ふき》の芽だった。かれらは味噌汁の湯気に顔を埋めて、この春の香りを嗅《か》いだ。

暖かい日がつづくにつれ、そこかしこに底雪崩《そこなだれ》が起り、轟音《ごうおん》はいつも四、五分つづいた。ダムサイトの崖でも起った。喜多川の川ぞいでも起った。また喜多川の上流の方角から、遠い雪崩のとどろきがたびたび聴かれた。

ある日、昇たちは五人で一組を作って雪崩の調査に行った。喜多川の氷はすでに融け、俄《にわ》かに水嵩《みずかさ》が増して、その瀬の音がめずらしく耳にひびいた。

はるかK町へかよう道を、喜多川ぞいに遡《さかのぼ》った一同は、荒沢岳の北斜面に夥しい雪崩のあとが連続して、道をすっかり遮《さえぎ》っているのを見た。

「これだな。俺たちの越冬を永びかせるやつは」

と佐藤が言った。

「これだけの雪が溶けるのを待たなくちゃならないんだ」

「枝折峠からこっちは、いたるところこの調子だろう。殊《こと》に明神沢の雪は、吹きだまりで凄《すご》いんだってな」

と昇が言った。

一同が調査をすませて宿舎へかえる途中で、昇は列を離れて、銀山平を東へ走った。例の小滝を見に行こうと思ったのである。

小滝へむかう周囲のけしきは、かなり変っていた。今まで雪の丸い斜面であったところが、群立つ藪《やぶ》に変っている。その藪のかたわらを擦過したとき、昇のジャンパアの肩が触れた葉音におどろいて、一疋の山兎が跳《と》び出した。

福島県の山容も変化を示した。今まで斜面の鋭い崖の稜線《りょうせん》だけを雪の中にあらわしていた山々は、ところどころ、大きく切り拓《ひら》いたように、岩盤の露頭を現わしていた。

奥野川へ下りてゆく道も、冬のさなかにはスキーで一気に下りることができたのが、今は道を選《よ》って、足許《あしもと》を危ぶみながら、目じるしの河畔の橅《ぶな》まで辿《たど》りつくのに時間がかかった。

橅の幹に身を支《ささ》えたとき、青年が聴いたのは、久しく聴かなかった水音である。それは流れてゆく川音とはちがう。石に阻《はば》まれて立てる瀬の音ともちがう。川音にまじってきこえながら、小さな別の主題のように耳立つもの。直下に落ちかかって、流れている水のおもてを搏《う》って、あたりに繁吹《しぶき》を撒《ま》き散らす微妙な音である。

青年は目をあげた。氷っていた小滝は蘇《よみがえ》った。それればかりではない。源の水嵩が増したので、小滝の水は氷る前よりも豊かである。滝のまわりの雪や枯木のながめと比べて、蘇った小滝の姿は、不調和に見えるほどである。

昇は永いことそれに見入った。

風がなかったので、滝は吹きゆるがされることがなかった。しかし雪解《ゆきげ》の熱に浮かされたようなその勢いと水量とでは、どんな突風も、小滝をゆるがすことはできぬだろう、と昇には思われた。

土が見えだすと、雪の消えるのはまことに早かった。片附物をはじめた人が、仕終るまでむやみと気がせくように、かれらは毎日スコップを持って、雪掻《ゆきか》きに精を出した。

それは五月のはじめであった。しかし本当の越冬の辛《つら》さは、むしろその後《あと》に控えていた。というのは、事実上の春が来ているのに、まだ一ト月、峠の雪が消えるまでこの山奥に、閉じこめられていなければならなかったからである。

牢獄《ろうごく》の囚人は、刑期が満了になるというその前日には、一等切ない欲望にかられる由《よし》である。田代はこれまで無沙汰《ぶさた》をしていた母親に、毎日電話で葉書を言い送り、佐藤は例の女に、とても口では言えないような手紙を書きためた。その文面を見せられた昇は閉口したが、電話で言い送る他はないこれらの手紙を、佐藤が決して出さないことを彼は知っていた。それははじめからおわりまで、肉体的な呼びかけで埋められた手紙だったのである。

古い樹々は芽吹き、おそるおそる、しなやかな若枝をさしのべた。樹という樹は、何か予感に充《み》ちていた。それらの粉っぽい芽が、童心と謂《い》った感じがするのに比べて、若い枝々には、ふしぎな艶《つや》やかさがあった。

南むきの、雪のあらかた消えた斜面に、昇は葉のすこしもない枝々から、白い鮮やかな花を一せいに咲かせている辛夷《こぶし》を見た。大きくひろげた梢《こずえ》の先々に花をつけたさまは、枝附燭台《しょくだい》のようである。冬のあいだ黒い幹の中に貯《たくわ》えられていた燈油《とうゆ》が、急に点火されて、白い焔《ほのお》をあげて、一せいに燃え出したように見えるのである。

青空を背に、春さきの微風に揺られているこの花々を見上げた昇は、見上げたために屈せられた項《うなじ》の筋肉に、永い越冬の凝《しこ》りを感じた。彼は思うさま手足を伸ばした。顕子はすでに一個の観念ではない、それはもう手をふれればふれることもできる実在なんだ、と青年は考えた。彼は考えられるかぎりの迂路《うろ》を以《もっ》てそこに到達したが、あとに残っているのは顕子その人に会うことだけであった。彼はあれほどまでの熱意で春を待った。春は今身のまわりに在った。自分の思想に背《そむ》いてまで、春を待つあいだ未来を信じた彼は、今の欲望の純粋さを信じながらも、少しはこう自問せずにはいられなかった。

『やっぱり俺は、明日《あす》を思わずに生きるのが本当だろうか』

辛夷の花や、まわりの春の現前が、彼に一種の恐怖を与えていたのである。

六月三日に、越冬の終了を告げるランドローヴァーが、技師長を乗せてK町を出発した。技師長は劇的なことの好きな人である。それでわざと、ダム建設所の宿舎へ連絡をとらせない。

宿舎の半数は、宿舎の前の広庭でキャッチボールをしており、昇もその中にいた。よく晴れた日で、風が強かったので、球《たま》はやや流された。

自動車路は西から来て、喜多川ぞいに北上して、宿舎へ向うのである。東風は自動車の爆音にはむしろ逆風だったので、銀山平の半ばへ来るまで、音はきこえず、誰も車の来るのに気づかなかった。

一人が球を外《はず》して、拾いに行った。そのときはじめてその音をきいたのである。

こんな報告が最初のうちはいかに疑われ、それがいかに急激な喜びに変ったかは、冗々しく言うまい。ランドローヴァーの倦《だる》い鈍重な爆音は永く耳に残り、越冬の人たちはのちのちも顔を合わすたびに、あの音だけは一生忘れないだろう、と言い合った。

＊＊

越冬者たちには、一律に二週間の休暇が与えられた。昇は顕子に電報を打った。

昇はK町で一泊して、給料を受取ったり、K町に預けてあった洋服をプレスに出したりした。K町の宿では新聞を貪《むさぼ》り読んだ。しかし社会は、昇たちのいなかった半歳《はんとし》のあいだも、あいつぐ大事件を呑《の》み込んで平然としていた。彼等十人がいなかったことは、社会の動きをどう変えたわけでもなかった。

こんな当然の帰結がわかってみると、昇は髭《ひげ》を剃《そ》りに鏡の前へ行った。雪灼けは甚《はなは》だしく、目と歯だけが塗ったように鮮明に白かった。昇は自分の顔がそう嫌いではなかったから、秀《ひい》でた眉《まゆ》や稜線のはっきりした鼻で輪郭を強められたこの真黒な猛々《たけだけ》しい顔を、われながらロマネスクだと思うのであった。

明る日の午後二時四分発の急行で、昇は田代や佐藤と一緒に発《た》つことになっていた。その日になった。仕立のよい薄鼠《うすねずみ》いろの間服《あいふく》に、鮮明な斜め縞《しま》のネクタイをして、彼は午前のK町を歩いた。田舎町《いなかまち》の女たちは目にしみた。

赤銅《しゃくどう》に金いろの樽《たる》をはめ込んだ酒屋の看板を、永いこと立止って眺めた。日あたりのよい裏の空地《あきち》には雞が飼ってある。雞を追う声がする。時ならぬ雞鳴《けいめい》。かたわらを疾駆する自転車のベルの音。道の上のトラックの大きな轍《わだち》。ひっそりとした洋裁店の奥で、いつまでも鳴りつづける電話のベル。……

彼にはこの町が、今日はお祭ではないかと思われた。何の理由もなくて、それほど物象が鮮明に、行き交《か》う人たちの顔がいきいきと見える筈はなかったからである。

彼はレコード屋の前へ行って、今月の新譜の広告をつぶさに見た。荒物屋の前では、ひしめき並んだアルマイトの鍋の温和な輝きに感動した。

町というものは、ただの人間の聚落《しゅうらく》ではなかった。それは人間の作った最も親しみやすい一つの思想だった。

昇はまたとある仕舞屋《しもたや》の縁先で、ミシンを踏んでいる女を見た。生垣がまだ葉が乏しく、まばらに透いて見えたのである。家の奥ふかくは暗く、文色《あいろ》がはっきりしない。それで却《かえ》って、女の姿が明瞭《めいりょう》にうかんで見える。女は小肥《こぶと》りしている。若い、けんめいにミシンの上へかがみ込んで、何か白い布を、両手で押えて、ずらしている。ミシンのあらわな金属の部分が光る。女は空いろのスウェータアを着、共色のスカアトを穿《は》いている。ミシンの下部に、踏板を小刻みに踏み立てている太い健康な素足が見える。その動きがあまり激しいので、膝《ひざ》の上ではいつも空いろのスカアトがはためいているのである。北国の女らしいその白い脚《あし》の肉は、たえず動いていたために、昇がそこを離れたのちも、目のなかにちかちかする幻覚を残した。

瀬山は事務整理のために今一日残らなければならなかった。K駅頭へ送りに来て、そこでまた一トくさり愚痴を言った。

「事務所へかえってみたら、もう誰一人私を尊敬している者はいないんだ。女の子なんぞは、私を見ると、ぷっと吹き出して、思う存分笑うために、身を隠してしまうばかりだ。諸君は英雄扱いで、それはそれで結構だが、私の悲劇はそんなに可笑《おか》しいかね。家へかえって女房が笑ったら、今度こそはひっぱたいてやりますよ」

上野行二三等急行は混んでいた。

一行には特二の座席があったが、昇はわざわざ立て混んでいる三等車へ、人間の顔を見に行った。人間がこんなに沢山いて、こんなに雑多な顔をもっていることは歓ばしかった。皺《しわ》を刻んだ年老いた農夫の顔、学生服を着た少年の顔、少しむくんだ不平でいっぱいな中年女の顔、しおたれた猟虎《らっこ》の襟巻《えりまき》を昆布《こんぶ》のように掛け、まっ白な鼻の下をこすりすぎて赤くした品のよい老婆《ろうば》、口が質朴な笑いをいつもうかべている形になってしまった面《めん》のような農婦の顔、絵巻物の下人《げにん》を思わせる町会議員風の顔、……昇が他人の顔に、同胞の感情を抱《いだ》いたことはこれがはじめてだったろう。彼はみんなが怪しんでこちらを見るまで飽かず眺め、誰彼かまわずその肩を叩《たた》くためには、自分に謙抑さがありすぎるのを残念に思った。

席へ戻ると田代と佐藤が、どこへ行っていたのかと口々にきいた。昇は笑って答えなかった。

田代と昇が並んで掛けているので、一人だけ通路を隔てた佐藤は、ほとんど通路へ体を向けて、何かと二人に話しかけた。大いに寛恕《かんじょ》の心境にいる昇には、それがさほどうるさくはなかった。要するに、上陸匆々《そうそう》の水夫みたいに、三人とも陽気だった。

どんな放埒《ほうらつ》の権利もあり、何事もゆるされていると思わざるをえなかったのである。

田代はひっきりなしに喰《た》べていた。駅弁を喰べ、煎餅《せんべい》を喰べ、チョコレートを喰べ、二つ目の駅弁を喰べた。雪灼《ゆきや》けのために、その頰《ほお》の赤さは目立たなかったが、陸地を一歩踏《あし》むと船酔いの治《なお》る人のように、すっかりもとの快活な田代になった。

「ダムが出来たら、あそこに俺たちの越冬記念碑を建てようよ」と彼は言った。

「だって、できたら、あそこは水の底だぜ」

「だから水の上の、いちばん近いところに建てたらいい。そのためには本当なら一人くらい殉職者があったほうがよかったんだ」

このひどく晩熟《おくて》の若者は、考え深い目つきをして、こうした空想を追った。彼は今では無理にも自分が冒険家の生活をしたと思い込みたいのだが、記憶の中の半年は、ひどく単調で、日常性に富み、行為は奪われ、危険にいたってはたった一夜の三十九度の熱と何らかの心理的な危険と、そしてそれだけしかなかった。東京へかえったら、彼は毎日数本も冒険的な映画を見に通うだろう。

佐藤は生まじめな顔つきで、あたりを憚《はばか》るように、こう言った。

「俺はな、賭《かけ》をしてるんだ」

「何の賭を」

「彼女がもし駅に迎えに来ていたら、城所さんに断言したように、俺は今夜のうちに必ずやるだろう。もし来ていなかったら……」

「やれないだろう」

田代がそう言ってまぜっ返したので、佐藤はおそろしい顔つきで口を曲げ、田代を睨《にら》みつけて黙ってしまった。

しかし汽車が高崎をすぎ、迫った暮色にまたたきだしたネオンの眺めは、青年たちを一ぺんに和解させた。かれらは一つの窓に顔を並べて、地方都市の鈴蘭通《すずらんどお》りの屋根屋根に、熱帯魚のような色彩の濡《ぬ》れた光りを慄《ふる》わせているネオンを見た。暑さに三人は上着を脱いでいた。そこで硝子《ガラス》を引き上げた窓のまわりには、糊《のり》のよく利《き》いた白いワイシャツの固いはためきと、青年の体臭に入りまじったかすかな糊の匂《にお》いがあった。

上野駅へ汽車が辷《すべ》り込むその前から、三人は窓からホームを注視した。昇には出迎えの三人がすぐそれとわかった。田代によく似た初老の小柄な女と、ひどく色気のない体つきを仕立のわるいスーツに包んだ仏像の顔の女と、顕子とである。顕子は着物を着て、白い羊が不安そうに頸《くび》をのばしてあたりを嗅《か》ぎまわる表情で、走り入る列車の窓々を見比べていた。

昇は三人の一番あとからタラップを下りた。顕子はちょっと目を閉じた。昇を見上げた彼女の目に溢《あふ》れている期待が、青年の心に一どきに現実感を蘇らせた。これによってこそ、かれらは繋《つな》がれていたのだった。期待とそれに応《こた》えるもの、欲望とそれに応えるもの、こういう関係の図式を、越冬のあいだ、昇はまるで忘れていた。だから瞬時に、彼は或《あ》る、それとわからぬほどの微妙な身構えをした。俺が顕子の待っていた人間だぞという符号のような小さな身振《みぶり》で、彼は自分に具体的な一人の男の役割を納得させたのである。

かれらはともかくも握手をした。顕子の白いナイロン・レエスの手袋の冷たい網目は、昇の握りしめた掌に、薄荷《はっか》のような快感を与えたが、顕子は素速い心やりで、その右手の手袋を脱いだ。そして握手をし直した。

早春からいきなり初夏の宵へやってきて、昇の感覚には、ぼうっとする混乱があった。顕子の顔は、駅の歩廊のあからさまな光りのなかで、複雑な翳《かげ》を帯びてみえた。いつかのような豪奢《ごうしゃ》な着物ではなく、緑や赤のまじった英ネルのスコッチ縞の洋服地を着物に仕立てて、博多《はかた》の無地の深緑の単帯《ひとえおび》に、道明《どうみょう》の銹朱《さびしゅ》の帯留を締め、ほんのすこし紅《べに》を刷《は》いた耳朶《みみたぶ》には、ピンクの真珠のイヤリングをつけていた。奇妙なことだが、その耳飾に嚙《か》まれた小さな桜色の肉の痛そうな小さな括《くび》れが、昇を有頂天な気持にした。

「ずいぶんお灼けになったのね。雪？」

「うん、雪」

昇はそれがどういう厖大《ぼうだい》な雪かということを、一寸《ちょっと》説明しようと思ったがやめた。

「これから一度お家へおかえりになるの？」

「家なんて、ないんだ。家具附で貸しちゃったもの」

「そう」——顕子は同意するともしないともつかぬ例の不本意な微笑をうかべたが、ものを投げだすような調子で、簡単にこう言った。「あたくし、今日は別に家へかえらなくていいのよ」

「旅行中？」

「主人のこと？　いいえ、家よ。……でも、電報をいただいてすぐ、従妹《いとこ》と会っていろいろ手筈《てはず》を決めたの。私は今ごろ、未亡人の従妹の借りる別荘を見に、二人で軽井沢へ行っていることになってるの」

顕子は青磁いろの腕環《うでわ》のボタンを押して、左右へ蓋《ふた》がひらけた中に、仕込まれている細長い時計を見た。六時十分である。

「お食事をなさる？　どこか静かなところで」

と顕子は言った。二人は歩きだした。昇がふと笑ったので、女は、何が可笑しいのかとたずねた。

「いや、一緒に乗って来た佐藤っていう友達のことを思い出したんだ。あいつは一体、『食事』をするだろうか」

＊＊

……二人は食事をしたり、酒を呑んだりして、時間をすごした。昇は「一度目の女」というものを一度も知らなかったから、熱情のうちにはじめから安息のまじるこんな気持ははじめてであった。自分は今まで不安を愛しすぎていて、それを欲望とまちがえていたのではないかとさえ昇は思った。

たとえば顕子と目が会っても、女の目色には、昇の感じている安らかさの反映があった。さりげない会話のひとつひとつに、既知につながるたのしみがあった。昇は二人の共通の思い出が、こんなにもたくさんあるのにおどろいた。

「私が今日、きっと駅へ来ていると思っていらした？」

と顕子は言った。昇はそうだと答えた。

「もしお帰りになる汽車が変っても、私にはその時間がきっとわかる筈《はず》だと思ったわ。

でも、電報のとおりの時間に待っていたら、むこうから汽車が入って来たとき、私、あなたの乗っていらっしゃることがはっきりわかったわ。電報がなくてもこの時間に、きっとお迎えに行っていただろうと思ったわ。私、電報の数字なんか、ちっとも信用できない性質《たち》なの」

女の神秘主義にはあきあきしている筈の昇も、こんな言葉をまじめに聴《き》いた。彼もついこのあいだ、滝の蘇《よみがえ》る秘蹟《ひせき》を見て来たばかりだったからである。

二人のこういう幸福なやりとりは省略しよう。かれらは去年のとおり、夜がやや更《ふ》けてから、山の手の宿へ行った。

昇が湯から上ると、まだ着更《きか》えていなかった顕子は、以前のように、次の間で浴衣《ゆかた》に着かえた。昇が肌着《はだぎ》をそのままにしておいてくれとたのんだので、顕子は笑って、そのとおりにして湯殿へ立った。

昇は衣桁《いこう》にかけられた英ネルの着物や、脱ぎすてられた肌着の前に一人でいた。そこには女が一寸不在にしたあとの、女の部屋の匂いがあった。この静物画はまことに完全で、昇は自分が永らく考えていた画の中へ、入ってゆくような気がしたのである。

ネルの着物は虹《にじ》のように色を潤《うる》ませ、乱れ箱の端には、白い一対のレエスの手袋が、羽根のような軽さで懸《かか》っていた。また濃緑の帯は、衣桁の中桁《なかげた》から、大きくうねって、畳の半ばにまで辷っていた。銹朱の帯留も、衣桁の一端に、切り揃《そろ》えた固い房を垂《た》れて揺れていた。白い洋風の肌着は、これら色とりどりの漂流物にむかって、余波《なごり》の泡《あわ》のように乱れ箱を溢《あふ》れていた。

女たちの纏《まと》うものは、みんな、藻《も》だの、鱗《うろこ》だの、海に似たものを思い出させると昇は思った。しかし漂っているのは磯《いそ》の香ではない。ものうげな、濃密な、甘くて暗い匂いである。夜の匂いというよりは、女たちの時刻、午後の匂いである。

昇は顕子の肌着を顔に押しあてた。こういうたのしみは、顕子の不在の、最後の時間をたのしんでいたのだともいえよう。あの永い半年の不在のあいだに、顕子がほとんど観念的な実在になったことは前にも述べたが、昇にはこの移り香、このかすかな体温の名残《なごり》、この布の微妙な皺が、現実の顕子ではなくて、観念的実在がいま身にまとって、残したもののように思われた。

しかし青年は急に不快な記憶に襲われて顔を離した。その香水の匂いが、あの清純そうな手紙に染《し》ませた匂いを思い出させたからである。

昇の中でこのとき何か小さな力が崩《くず》れた。

彼がどういう心境にいたかは後で述べよう。目前にはとにかく欲望が立ちはだかり、彼にとって心理的些事《さじ》は重要ではなかった。

『それにしても』と昇は思った。『駅へ迎えに来てから今まで、顕子があんなにも悩んでいた無感動のことを一つも言わず、その恢復《かいふく》の希望をすこしも洩《も》らさないのは何故だろう』

だが、真摯《しんし》な女に生れかわり、眼差《まなざし》から一挙一動まで恋する女になった顕子が、そんな自明な不快な話題に、触れなかったのは当然だ、と昇は思い返した。

『もし今さらそんなことを言い出したら、その口を手でふさいでやろう』

……湯上りの顕子は美しかった。目の張りつめた光りは潤み、心持反《そ》り返った訴えるような形の唇《くちびる》には、心をそそるもどかしさがあった。昇はその唇に軽く唇を触れたまま、じっとしていた。顕子はいつかのように、接吻《せっぷん》をする前に、あらぬところを見つめたりはしなかった。昇はさきほどから顕子の接吻が、半年前の接吻の味わいと、すこしも似ていないのにおどろいた。

この髪、この額、この耳、と思いながら、昇の唇は確かめた。それらの物質的な細部はそのままだったが、顕子は少しも似ていなかった。美しい細身の体はつつましくしていたが、昇の項《うなじ》にまわしているその指には、溺《おぼ》れかけて救われた人の手のような、怖《おそ》ろしい力があった。

どんなに繊細さを心掛けても、都会にいたころの昇とちがって、今の昇の愛撫《あいぶ》は粗野になった。落ちつきをなくし、急ぎながら吝嗇《りんしょく》になり、あらゆる細部の美しさに、ひとつひとつ感動した。

顕子のつぶっていた目がかすかに見ひらくその眼差が、昇を戦慄《せんりつ》させた。その目は決して昇を見ず、彼女自身のなかに生れた歓《よろこ》びをしか見ていなかった。その眼尻《まなじり》の繊細な溝《みぞ》をつたわる涙を昇は飲んだ。顕子は昇の名を呼んだが、こんな深い呼声は、昇の手のとどかない遠方から、呼びかけてくるとしか思われなかった。

二人はその晩眠らなかったが、あけ方になって、知らずに眠った。

昇は一時間ほどして、先に目をさました。彼に勝利感がなかったと云《い》っては嘘《うそ》になろう。男としての勝利感と、主治医としての勝利感が一緒になったこの人間的な喜びのおかげで、単純な男なら、少くとも十年間はつづく幸福を手に入れたにちがいない。

昇は顕子の寝顔を見た。カーテンをとおしてくる朝の光りに照らされたその寝顔は、幸いに美しかった。寝もやらぬあいだ、顕子がたえずくりかえしていた歌のような文句を、昇は思い出した。

「はじめてだわ……はじめてだわ……はじめてだわ……」

昨夜、顕子が湯殿へ行っていたあいだに、あの手紙に染ませた香水を思い出して昇の中に生れた疑惑が、このときはっきりした形をとった。こんな疑惑は口にこそ出さなかったが、眠らない夜もすがら、昇の中でくすぶっていたのである。まことに寡黙《かもく》なこの青年は、一様の快楽に飽きると、口には出さないこんな疑惑で、次の快楽を強めていたのだ。

朝が来る。疑惑のそういう効用は終った。昇はおそろしく澄んだ頭でこう考えた。

『本当にはじめてだろうか？　俺は女の感動なら沢山知っているが、女が感動を知る最初のところについては、はっきり知っているという自信がない。しかし、はじめて感動を知った女が、あんなにまで感動をわがものにしているということがありうるだろうか？　顕子はまるで感動に熟練しているようにしか見えなかった。俺より先に、誰かほかの男が、顕子に感動を教えたのじゃないかな。顕子を治《なお》した男が他《ほか》にいる？　そうしてすでに蘇っていた顕子が、自信を以《もっ》て、俺を駅へ迎えに来たのではなかろうか？』

彼は枕《まくら》に頭をつけたまま、部屋のそこかしこを見まわした。古い檜《ひのき》の柾目《まさめ》の天井には、枕もとに飲みのこしたコップの水が、海月《くらげ》のような反映を揺らしている。磨硝子《すりガラス》の丸窓は明るく、細かい桟が二本ほど欠けている。暗い違棚《ちがいだな》の一隅に、真黒な鋳金の兎《うさぎ》らしいものがうずくまっている。彼はこの部屋がどこかに似ているような気がした。

顕子が目をさました。目のさめた病人のような弱い微笑をすぐ昇のほうへ向けた。頭のうしろに手を組んだ昇の姿を見て、こんな当然の質問をした。

「何を考えてるの」

昇は持ち前の、残酷なほど明るい闊達《かったつ》な口調でこう答えた。

「君を治した男が、僕の前にいるのじゃないかっていうことさ」

「あなたの疑《うたぐ》り深さって、底なしなのね。私、自分でもわからないの。ゆうべまで、まさかと思ってたわ。療法って他に何もなかったのね、本当に好きになることのほかには」

こんな返事では、今の昇は一向に満足しない。女の顔を見つめる。それから、率直な、気持のよい声でこうくりかえした。

「でも、俺は疑ってるよ」

この二度目の宣言で、顕子の示した反応は、昇をすこしばかり驚かせた。

顕子はしんから幸福そうに笑ったのである。その笑いには浅薄な誇らしさがあり、ほとんど天衣無縫と云ってよかった。

笑いの意味は昇にすぐ伝わった。彼女は昇が嫉妬《しっと》していると思ったので、幸福になって笑ったのである。こんな見当違いが、気むずかしい青年をぞっとさせた。彼は女の認識のまちがいをゆるせない性質《たち》の人間だった。

昇はこの部屋がどこかに似ているという印象の正確さをたしかめたが、部屋の丸窓や、天井に映るコップの水の反映や、カーテンをとおす旭《あさひ》や、皺《しわ》だらけの枕や、女の寝顔や、朝の女の高笑いは、彼が仮の一夜をすごしたあらゆる部屋と似ていたのである。

そう思う。そう思う途端に、この一夜の記憶には新鮮なところが少しもなくなった。顕子の歓びには何か凡庸なものがあり、その真摯さには、いつも見る滑稽《こっけい》なものがあった。

そして彼が固執している今の疑惑にさえ、何か狡猾《こうかつ》な、不まじめなものがひそんでいた。彼は変貌《へんぼう》した顕子のこんな凡庸さを、自分のせいにするのがいやだったので、それを人のせいにする我儘《わがまま》な疑惑を、考え出したのではなかったか？

ほんのわずかな眠りだったが、顕子の目はさえざえとして、犯しがたい歓びのために澄んでいた。幸福は足の爪先《つまさき》にまでゆきわたり、昇に求めた朝の接吻が、歯を磨《みが》くまでは接吻しない習慣だという返答で拒まれても、倖《しあわ》せは小ゆるぎもしなかった。富んだ慈善家の老婦人が、朝の床のなかで、みちたりた気持で不幸な人たちのことを考えるように、この感覚の富が顕子の空想力をはぐくんだ。

赤十字や救癩《きゅうらい》事業に寄附するように、彼女はこの幸福を、不幸な人たちに頒《わか》ち与えるだろう。今まで一等不幸だったのは顕子自身だから、彼女が一等沢山の取分を取るだろう。その次に不幸なのは昇だから……

『おや？ どうしてこの人は不幸なんだろう』

こういう目つきで、彼女はまじまじと昇を見たので、それを感じとった昇は、自分の感情をいつわるお勤めを免かれた。

『とにかくこの人は不幸に見えるわ。私をこんなに仕合せにして、自分一人はまだ不幸でいるなんて、何という この上もない不幸だろう』

昇には自分に注がれる同情的な視線がまざまざとわかった。顕子は彼の不幸の原因を、さっきの疑惑に見てとったらしかった。そうしてこんなあられもない疑惑から、青年を救い上げる霊感を得たのである。

「さっき、あなた、へんなことを仰言《おっしゃ》ったわね」

と顕子が言った。

「うん、言ったよ」

と非常なやさしさで昇が答えた。

「決してそうじゃないっていう、証《あか》しを立てられてよ、私」

「どんな風に」

顕子は事もなげにこう言った。

「私、今日にでも離婚するわ、あなたのために」

昇には昔の沈着さが戻っていたので、これを聞いても、決して取乱したりはしなかった。その一言だけで証しが立ち、疑惑もすっかり晴れたと言ったのである。離婚の相談事にまで踏み込む前に、彼は自ら禁を破って、さっき拒んだ接吻を軽くしてやって、顕子の肩を抱いた。

顕子のこうした決心に対して、昇はいろいろと親切に相談に乗り、納得した彼女はこんな結論を出した。

「仰言るとおり、私、はじめのうちは穏便にやるわ。今日も夕方には家へかえるし、あなたが二週間こちらにいらっしゃるあいだ、もう家を明けないようにするわ。ずっとここにお泊りでしょう。毎日私が通《かよ》って、夜中にかえったりして、宿の人はへんに思わないかしら」

たった一夜きりで身を隠す昇の習性は、別に冷酷さに出たものではなかったから、顕子のようにそういう条件に外《はず》れた女には、この先昇もつづけて附合うことに吝《やぶ》さかではなかった。彼は無責任に自分を実験に供するだろう。二週間の休暇は底まで澄明《ちょうめい》になり、見事に予定の調《ととの》った事業家のような「未来」になるだろう。

大そう蒸暑く、寝不足のために、おそい朝食は不味《まず》かった。冷えた目玉焼が、大袈《おおげ》裟《さ》に言うと、彼をすっかり不幸にした。女中たちは手早く寝具を片附け、もう一度眠ることはむずかしかったので、二人は外出の仕度《したく》をした。

一夜あけて歩く街は、昇には何の喜びもなかった。K町の朝は何と新鮮だったことか。久々に銀座を歩いて、彼はこの醜い雑多な街にどんな神秘が隠れていたのかと疑った。とある飾窓に、ヨーロッパの航空会社のポスターが飾られていた。そのスイスの山容は、雪に包まれていた帰路の駒《こま》ヶ岳を思い出させた。

去年の秋にあいびきをした喫茶店に、顕子が立寄りたがったので、二人はそこへ入って珈琲《コーヒー》を飲んだ。昼日中の薄暗い照明とその埃《ほこり》っぽさが、昇の心に越冬の宿舎をよみがえらせた。彼は自分の回顧的なことにおどろいて、それをみんな寝不足の疲労のせいにしたが、顕子には疲労の色が少しもなかった。

彼女は次には昇を洋品店へつれてゆき、純銀のシガレット・ケースの裏に、きのうの日附と、NとAとを組み合せた頭文字を彫るように注文した。顕子みずから、螢光《けいこう》燈《とう》をつけた商品棚を机代りにして、うまく絡《から》んだ花文字をデザインした。硝子《ガラス》に置いた一枚の紙の上で、彼女はよく尖《とが》らした鉛筆の芯《しん》を二度も折った。

それを見ると、昇は名状しがたい羞恥《しゅうち》にかられて、店の外の人通りへ目を移した。ぞろぞろと歩いている人間の雑多な顔を、彼は漫然とした軽い嫌悪《けんお》を以て見た。こんな嫌悪には或《あ》るさわやかさがあって、そういう感情自体は、まことに居心地《いごこち》がよかった。これはもとから昇に親しい、よく習熟した感情で、再び身につけることは造作もなかった。

洋品店を出ると、今度は映画へ行った。暗くなる。映画がはじまる。女は昇の耳に口を寄せて、私の手を握っていてもいいと言った。昇は思うのだが、こうして顕子は、むかしの冷たい気まぐれな不本意な女とちがって、熱心で、一本ちゃんと筋のとおった女になり、持ち前の氷のような媚態《びたい》も技巧も忘れてしまった。一度沙漠《さばく》からのがれたからは、そのむこうにもまた沙漠のあることを知らない、処女よりも無垢《むく》な女なのである。

映画の途中で昇は眠ってしまい、目がさめたときは終っていた。映画館の前で、明日の再会を約して別れたが、別れたあとで女はまた思い返して、新橋まで送って来てほしい、と言った。

薄暮に昇は宿へかえった。却《かえ》って頭は苛立《いらだ》って、眠るわけには行かなかったので、田代のところへ電話をかけた。

田代の母が出て来て、電話口で長い挨拶《あいさつ》をする。代って出た田代は、受話器がかすかに鳴るような元気な声で、こう言った。

「あのね、きょう一寸《ちょっと》会社へ行ってみたら、噂《うわさ》していたけれど、瀬山さんは馘《くび》になるかもしれないんだって。越冬資材の横流しのほかにも、留守のあいだに、いろいろと使い込みをしていたことが、ばれたらしいんだって……。いや、大した額じゃないらしいよ。どうせ大きなことのできる人じゃないんだから」

第七章

あくる日も蒸暑く、雨になった。いかにも梅雨の魁《さきがけ》を思わせる雨で、終日やむことがなかった。

昇は午前中に、祖父の死後財産管理を委《まか》せてあった信託銀行へゆき、支店長に会った。この信託が、株の配当の貯蓄、地代や家賃の取立から、納税にいたるまで、一切《いっさい》合財《がっさい》をやっていてくれるのである。家賃は毎月八万ずつ入り、昇がダムへ行ってから、九月三月の決算期を経て、都合一年分の株の配当や銀行利子の支払があったわけで、税金を差引いても彼の財産は、自動的に三百万円あまり殖《ふ》えていた。

祖父の遺言には多額の寄附行為もあり、名義書換《かきかえ》のときに相続税もたっぷり取られて、今の昇の財産のなかで、勤めている電力会社の持株は、彼に大した発言権を与えるほどのものではなかったが、二十八歳の青年にとって、財産は徒《いたず》らに大きかった。あんな越冬の労苦のあいだに、自然に三百万円が入って来ていたのだとすると、彼はあの労苦にすら、わざとらしさを感じて、われながらいやになった。何もしないでのらくらしていたほうが、すべての点で自然に叶《かな》っているのではなかったか？

『みんなの越冬は本物だった。俺《おれ》の越冬だけが、もしかすると、贋物《にせもの》だった。俺は結局自分のためにだけ、自分を半年も、雪の中にとじこめたんだ。そのあげく、俺が本当に甦《よみがえ》ったかどうか怪しいもんだ。……いや、たしかに甦った瞬間はあった。ごく短かいあいだ。K町を歩いて、ミシンを踏む女を眺《なが》めたりしていたごく短かいあいだ』

祖父のことを考えた。祖父は一度も自分の行為を、わざとらしいと感じたことはなかったに相違ない。城所九造は、自己放棄の達人だった。……

買おうと思えば今日にでも買えるくせに、自動車を持たない偏窟《へんくつ》なこの青年は、傘《かさ》をさして、雨に濡《ぬ》れている戸外へ出た。どこかで一人で中食《ちゅうじき》をしなければならない。永い共同生活に馴《な》れてしまって、彼は一人で食事をするのをひどく億劫《おっくう》に感じた。町を歩いている誰彼をつかまえて、

「おい、君、一緒に飯を喰《く》わないか」

と云《い》ったら、どうするだろう。たとえばそこらの喫茶店へ入って、二三人でお茶を喫《の》んでいる女の子をつかまえて、昇がたとえば、こう云ったとしたら、どうだろう。

「僕は一人で飯を喰うのが死ぬほどきらいなんだ。飯だけでいいから、附合わないか」

このほうは多分成功するだろう。しかし越冬後の昇には、以前の彼をしてそういう遣口《やりくち》に成功させたあの天性の軽やかさが失《な》くなっていた。

蒸暑い。昇はレインコートの釦《ボタン》をすっかり外《はず》した。きちんと間服《あいふく》を着て来たことを後悔した。風に吹かれて霧のような繁吹《しぶき》になった傘の滴《したた》りが、紺無地のネクタイや白いワイシャツの胸を濡らすに委せた。

駐車している自動車の屋根屋根は黒く濡れ、都電の停留所には傘をさした四五人が、あちこちを向いて立っていた。至極ばらばらな風景。呉服店をのぞくと、小さな椅子《いす》

にかけて反物を撰《よ》っている女客の、はねの上った足袋《たび》が見えた。薬屋では、渋面をした小男の客が、雨の鋪道《ほどう》をぼんやり眺めながら、店のサーヴィスのコップの水で、白い大きな丸薬を嚥《の》んでいた。

昇は結局、好加減《いいかげん》な店で、好加減な中食を摂《と》った。店のまんなかに据えられたテレビがあった。三ノ宮球場の野球が映っていた。阪神地方は晴れている。観客席が映る。初夏のあらわな日ざしを浴びて、観衆の一せいに使っている扇が見える。

『へえ、むこうは晴れてるんだな』

と昇は何の感動もなしに思った。午後三時には、顕子が彼の宿へ来るだろう。

丸善洋書部へ寄って、土木工学の棚《たな》をあさって、二三冊の洋書を買って、昇は宿へかえった。三時をすぎていたが、顕子はまだ来ていなかった。

彼はその一冊の頁《ページ》を飜《ひるがえ》す。六十八節、フーヴァー・ダム、というところを読む。

「フーヴァー・ダムの最初のコンクリートは一九三三年六月六日午前十一時二十分に打ち込み、主要部分の打込作業は一九三五年五月二十日に完了した。打ち込んだコンクリートの全量は約三百二十五万立方ヤアド（二百四十八万立方メートル）である。実質的にダムの全部のマス・コンクリートは、ビンから出た状態の骨材として配合一対二・四五対七・〇五及び一対二・三七対七・一三であった。監査廊の周囲、塔及びパラペット壁における鉄筋コンクリートの部分に打った少量のコンクリートを除き、コンクリートの骨材最大寸法は二百三十ミリメートルである。……」

女中が顕子の到着をしらせた。草色のレインコートを脱ぎながら、雨のために仄暗《ほのぐら》い廊下を、さえざえとした白い顔をした、小粋《こいき》なスーツを着た顕子が来る。

「遅くなっちゃった」と熱意をこめて言いわけをした。「きのう注文したシガレット・ケースをとりに寄ったの。そうしたら、イニシアルがまだ彫れていないの。三十分も待たされて、やっと出来てきたわ」

顕子がちょっと身振をしたので、女中は匆々《そうそう》に引退《ひきさが》った。

「以心伝心ってほんとうにいやあね。あしたからホテルへお引越しになったら?」

昇が賛成したので、顕子は接吻《せっぷん》をし、それからリボンで結《ゆわ》えたシガレット・ケースの箱を小机の上へ置き、卓上電話をとって、都心の、主《おも》に外人のバイヤーが泊るホテルの名を言った。和服が洋服に変っただけで、衣裳《いしょう》の影響に敏感な顕子は、打って変った活動的な女になるその変化で、昇を娯《たの》しませようと思ったらしい。

昇にとっては、宿がどこに変ろうと構わなかった。二週間の仮の宿には、都心のホテルのほうが多分便利だろう。ホテルのフロントが電話に出ると、昇はバス附の七階の部屋を予約した。こんな従順さが顕子を母性的にした。

「この二週間にうんとお遊びになるのね。今夜は？」

昇は今夜はどこへも出たくないと答えた。この答は要するに顕子の気に入った。限られた二週間という恋の期限が、顕子の目に、おそらく男を、特別の悲劇的な存在に見せていた。盛り上げた果物籠《くだものかご》のように、この青年の二週間に、慰藉《いしゃ》とたえまない享楽《きょうらく》を詰め込まねばならぬ。彼女は自分の空想力で、昇を、渇《かわ》いて、飢えて、隠れ家へ身を忍ばせて来たお尋ね者に仕立てていたのかもしれない。その結果、顕子の与えることのできる慰めの空想は、快楽に疲れ果てた若者の蒼《あお》ざめた顔にまで思い及んだ。昇は雪灼《ゆきや》けも手つだって、まだ、あまり血色がよすぎた。彼は何やらもう自分に満足して見え、快楽を追うことにかけて悲劇的でありうるかどうか、怪しいものだった。

しかし幸いに、都会の女が思いつく享楽は児戯に類していた。

「明日は？」

女はダンスや舶来のバレエ団やボクシング試合などの目録を並べたが、昇は気乗のしない返事をした。それならもし晴れたら、友だちの車を借りて、ピクニックに行こうと顕子が言い出した。こんな思いやりのない提案に、昇がおどろいた顔つきをした。

半年というもの『自然』に食傷した男を、彼女は又もや『自然』のなかへ連れ出そうとするのか？

昇はふと、明日から移るホテルの一室を脳裡《のうり》にうかべた。明るい抽象的なホテル生活の代りに、彼は顕子の空想力の反映で、昼日中ブラインドを下ろした暗い洋間の一室をえがいたのである。ブラインドを洩《も》れて床に落ちている初夏の一線の強い日光、そこをよぎるときに光る素足の踝《くるぶし》、枯れた花瓶《かびん》の花、堆《うずたか》い吸殻、それから午後の廊下を唸《うな》りながら近づいてくる電気掃除機のけだるい轟《とどろ》き……。正《まさ》に世間で云う『自然に反した』生活のお手本。

……雨は夜に入ってもやまなかった。あらゆる心理的な起伏を等《ひと》しなみに平《なら》してしまう彼自身の盲《めく》ら滅法の欲望に、青年は気を悪くした。越冬中のあの統一的な観念世界は崩《くず》れ、今は、こちらでは二つの頭部が愛し合っているかと思えば、むこうでは勝手に四本の足が愛し合っているという有様である。

顕子は寝《やす》む前に、小さな霧吹器で、香水を口の中に撒《ま》くことをおぼえていた。いつかの手紙に染《し》ませた香水と同じ匂《にお》いである。しかしその匂いは今ではただの快い匂いで、決して昇の嫉妬《しっと》をそそらない。今夜も女のかえってゆく先が、良人《おっと》の寝室であることがはっきりわかっているのに、それでも嫉妬をそそらないのである。

顕子の体のほてり、夥《おびただ》しい汗、……そういうものは、官能の断片の寄せ集めで、昇は自分の欲望の対象が、はっきり見定められないのにいらいらした。顕子は息も絶えなんばかりであった。その酔いしれた体を昇は抱き上げたが、彼の硬《かた》い掌《て》は汗のために辷《すべ》った。

……軒を打つ雨音が高くきこえた。二人は砂浜の上でのように、寝ころがってその音を聴《き》いていた。ひとつ耳立つ点滴があった。樋《とい》をつたわる滴が、出窓の小屋根に落ちる音らしかった。

「この雨のなかを、私、帰って行かなくちゃならないのね」

顕子がそう言った。昇は黙っていた。彼は漂い寄る蚊を両の掌で叩《たた》いたが、これは透明な雄の蚊で、灯にかざすと、青いほのかな液が蚊の体なりについていた。昇は朗らかな声で言った。

「億劫かい?」

「そうね、でも、自分で億劫がって、それをあなたの情熱のせいにしようなんて、それは無理だわね」

「ずいぶん廻りくどい言い方をするんだね」

顕子は少し疲れの見える目を大きく見ひらいた。

「廻りくどい言い方なんか、もう私に似合わなくなったのよ。女は自分に似合うものを、よく知っているんですからね」

「だから今日は洋服で来たんだね」

昇はますます愉《たの》しそうに言った。女は昇が感傷的な言草のきらいな男だとよくわかった。

「今度はあしたは、簡単服で来ようかしら」

あした。顕子はまた和服で来た。洋服が昇の気に入られなかったのだと判断したのに相違ない。こんな思いすごしが昇の心持をひどく空《から》っぽにした。自分の生活が、いつかこういう「微笑《ほほえ》ましい」心理的行き違いばかりでいっぱいになることを考えたのである。

雨は降りつづいていた。宿のハイヤアで、二人はままごとのような引越しをした。昇の荷物はまことに少なく、顕子の荷物と云ったら何もなかった。

車中、二人はあまりものを言わずに過ぎた。顕子が何か言ったが、昇にはきこえなかった。

午後のホテルのロビイは仄暗く、深閑としていた。革張《かわば》りの椅子が遠くまでつづいていた。灯《とも》さないシャンデリヤは重々しく垂《た》れ、その硝子《ガラス》の瑣雑《さざつ》な影には、梅雨時《つゆどき》の湿った昼の闇《やみ》が澱《よど》んでいた。

昇は、Reception という字を青い灯《あか》りで抜いた札《ふだ》のかたわらで、カードに署名をし、二週間の滞在日数を書いた。ペンはするどくて、紙に突き刺《さ》さって、こまかいインクの飛沫《ひまつ》を散らした。

緑の制服のポータアが、二人を先導して、昇降機の釦を押した。

七階の部屋に落ちつくと、二人は雨の都会を所在なげに見下ろしたが、むこうの橋の袂《たもと》にはビルの潜函《せんかん》工事がはじまっていて、真新らしい木の色をした囲いの外側に、うずたかく積まれた砂が、雨に黒く濡れているのが見えるのである。

顕子は、大袈裟《おおげさ》な木の板に鎖でつながれたルーム・キイを弄《もてあそ》んでいた。

「私はこのルーム・キイね」

「何故《なぜ》？」

「この部屋だけしか開《あ》かないから。あなたってきっと、どの部屋のドアでも開ける、あのマスタア・キイなのね。……それにしても、泊らないで毎日入りびたっていたら、ホテルから文句が出るに決っているわ。二人でこの部屋を借りることにしたって、フロントへ電話をかけて頂戴《ちょうだい》」

＊＊＊

昇は道徳的な気持になった。と云っても、顕子のことではない。急に瀬山を擲《なぐ》ったことを思い出した彼は、その償いに、瀬山に内緒で陰徳を積もうと心掛け、田代の電話によると馘《くび》になるらしいという瀬山を救うために、ホテルへ移ってから二日のち午《ひる》ちかく、会社へ出かけて、専務取締役に面会を求めたのである。この男は現社長の義弟に当り、会社の人事権を一手に握っている人である。

その日は晴れていた。専務は昇を中食《ちゆうじき》に誘った。

入口の硝子棚に、鰕《えび》や舌平目や鱚《きす》や鯖《さば》や貝類などの季節の鮮魚を飾ったプルニエで、ビジネス街の昼の客の混雑のさなかで、昇は専務に御馳走《ごちそう》になった。もっとも専務のつもりでは、下役の社員をではなく、有力な株主の一人を御馳走していたわけである。

二人は辛口のシェリイの杯をあげて乾杯した。

「無事にすんでおめでとう。御苦労様でした。ところで休暇中は家にいるの？」

「いや、家は人に貸しちゃったんです。今、ホテルにいます」

専務がホテルの名をきいたので、昇が答えると、

「ほう、それは豪勢だ。あの越冬の宿舎から一流ホテルへいきなり移れば、さぞ好い気持だろう。しかし休暇がすんで、現場へかえったら、君はまたびっくりするぜ。アメリカ製の建設機械を続々送り込んでるところだ。早速、仮設備にかかってもらわなくちゃならん。君の基礎設計は社内でも大した評判だよ。この間アメリカ人の技師が見て感心しておった。アメリカといえば、どうだね。先の話だが、奥野川ダムが完成したら、二三年アメリカへ行って来る気はないかね。遊びかたがた、フーヴァー・ダムでも見て来ないかね」

昇は世故に長《た》けた微笑でこの提案を承わったが、本当のところ彼の行きたい国は、アフリカか中央アジヤの蛮地であった。デザアトに及んで、ようよう青年は瀬山のことを言い出した。

「瀬山君ね……」

と、専務は忽《たちま》ち近親者の不幸を聞くようないたいたしい顔つきをした。この権力者が決して心理的な変化を顔に出さないことに大いに敬意を表していた昇は、こんな芝居がかりで少々軽蔑《けいべつ》を催した。

「ちょっと困ったことをしてくれたんでね。刑事問題にするほどの事件じゃないが、

目下休暇中の彼の進退が、問題になっているんだよ」

昇は同じ助命の文句をくりかえし、専務はさんざん黙考して、ジェリイの生クリームをいじくりまわしたあげく、やっとこう言った。

「よござんす。君がそんなに言うなら、瀬山君のことは何とか考えよう」

昇が毎日顥子の幸福そうな顔の上に見ていたものは、人相見がはっきりと看《み》てそれと言わずにいるような、正確な不幸の兆《きざし》であったから、こういうものを見るのに疲れた昇は、確然たる幸福の兆を、別の顔の上に見たいと思った。しかも皮肉な人相見のように、口に出さないでそれを見たいと思ったのである。昇は会社のかえりに瀬山を訪《たず》ねた。

瀬山の家は中央線のN駅で降りて、陸橋を渡って、五六分歩くのである。

昇が陸橋を渡りかけたとき、汽車が入って来て、橋はその煙に包まれた。煤煙《ばいえん》の匂いが、いつも宿舎の食堂に漂っていた石炭の燃える匂いを思い出させた。彼はその匂いを懐《なつか》しく感じた。

匂いは、越冬のあの人間くさい共同生活そのものよりも、あの中にいては感じられなかった、それ以上のものを暗示していた。彼が自分の内部に次々と生れる新らしい感情に愕《おどろ》いた思い出も、愕きが醒《さ》めてしまえば何物でもなかった。厳寒も日々の労苦も忘れて、今また宿舎のストーヴの匂いにあこがれる心は、昇が最初に抱《いだ》いた純粋な即物的関心などではなく、あらゆる苦悩の叫びや絶望の声が無効であり、それが決して外《そと》の世界へは届かないようなあの状況のうちに、はじめて彼の平静な幸福が可能になったからだった。明快な物質である石や、超絶的な自然である崇高な山々や、果てしない雪に惹《ひ》かれて、奥野川ダムを志願した昇は、これらの硬い無言の物質的世界をつき抜けて、自然の無名の魂に触れたのかもしれない。

……汽車の煙の塊りは後方に翔《か》け去った。煙のしみる目を、彼はそのほうへ向けた。夏らしい雲の下に、レエルは西へむかってながながと延び、家々の屋根はかがやいていた。

煙はうすくひろがって、青空の色を透かした。昇はその白い微妙な形に、祖父の顔を思いうかべた。祖父のまことに人間的な情熱、その我慾《がよく》、その名誉慾、その事業慾、こういう今は空《むな》しい精力が何を意味していたかを彼はあれこれと想像した。もしかすると祖父は四六時中、何かと向い合って生きていた。彼を嘲《あざけ》り、彼を軽んじ、彼を足《あし》蹴《げ》にする何ものかと。その結果、今度は城所九造自身が、みじんもシニシズムを帯びない嘲笑者《ちょうしょうしゃ》になり、一個の怪物になったのである。昇も今、祖父と同じように、彼を正当に嘲る存在と、顔をつき合わせる時が来たであろうか？それは社会だろうか？それとも瀬山のいうように、人間関係だろうか？それとも、「彼自身」だろうか？

……瀬山の家は、同じような生垣に囲まれた、戦災を免かれた古い小住宅の一軒で、門をくぐると、庭へ抜ける低い枝折戸《しおりど》があった。昇は何とはなしに、その枝折戸のところに立って、庭のほうを窺《うかが》った。

小さい庭は若葉に包まれて湿っていた。煉瓦《れんが》で囲まれた畳一帖ほどの砂場には、青い柄《え》の剝《は》げた子供用のシャベルが刺っていた。

しかし日当りのよい一隅が庭の奥にあって、矢車菊が夥しく咲いている。小肥《こぶと》りした白粉気《おしろいけ》のない女が、ワンピースに下駄を穿《は》いて、しゃがんでいる。下駄の爪先《つまさき》を梅雨時の湿った土にめりこませるほど力を入れているので、彼女がそういう姿勢に、十分意識を払っていることがわかる。女の手はかたわらに立っている五六歳の男の子を擁している。憎らしいほどよく肥った子で、まぶしげな顔つきで、すこし体をすねたようにひねっている。

「まだ？」

と女が訊《き》いた。

「もう少し、もう少し。動いちゃいけないよ」

と言っている瀬山の声がした。昇は身をずらしてそのほうを見た。葉ごしに瀬山の掲げている新らしい写真機の金具が光った。

シャッタアが切られ、矢車菊のそばの活人画が、ほどけたように身をのばしたのをしおに、昇は枝折戸を押して庭へ入った。彼の姿を見た瀬山は、奇矯《ききよう》な喜びの叫びをあげたので、子供はおどろいて父親の顔をつくづく見あげた。

庭に面した八畳の客間で、二人はビールの乾杯をした。瀬山はコップ一杯を一息にあけ、空のコップの内側に、白い泡《あわ》が収縮して動いているのをじっと見つめながら、感慨深げに、うーむと唸《うな》った。しかしこの「うーむ」にはいかにも満ち足りた思いがあったので、昇はこれが、失職の羽目になっている男の態度かと疑った。

瀬山がもうすこし寡黙《かもく》だったら、大人物だという印象を、昇の心に永く留めることができたかもしれない。が、瀬山は問わず語りに、自分の功を誇らずにはいられなかった、娑婆《しやば》にかえった男の『社会人』の言葉遣《ことばづか》いで。

「私が馘になりそうだという噂《うわさ》は御存知でしょう」

昇は田代の電話できいたと答えた。

「そうですか。ところがその噂はもう立ち消えになりますよ」

「何故？」

「越冬中、私が手記を書きためていたのを、御記憶でしょう。反城所派の陰謀を察知したんで、私は自分が調査した限りの事実を、――もちろん正確な、確実そのものというデータばかりを――、手記にまとめていたんです。これが思わぬ役に立ちましてね。

もしこの手記が発表されたら、専務はじめ反城所派は総退陣を余儀なくされるような、彼らにとっては身の毛のよだつような資料なんですよ。

越冬がすんだら案の定、奴《やつ》らの陰謀で、私が使い込みをやったのなんのって、いろいろデッチ上げが出来上っていましてね。私は帰京匆々《そうそう》、あの手記を持って専務に会いに行きました。それが一昨日《おととい》ですよ。

専務は手記をパラパラめくるなり、顔色を変えましたよ、あんた。自分の日の前で、人が見る見る顔いろを変えるくらい、痛快なものはありませんな。それから何て言ったと思います。

『この手記を譲ってくれんか』

と、こうなんですよ。

私は、ちゃんと写しがとってあるから、これをお譲りしても無駄だ、ってつっぱね

てやりました。そうすると、唇《くちびる》を慄《ふる》わせて、

『君は私をゆする気か』

と来たね。愉快じゃありませんか。そこで私は急に下手に出て、決してそんな大それた気持はない、女房子を飢えさせないですむように、おすがりするだけだ、と哀れっぽく言ってやりました。あげくのはてに、専務は、私があの手記を決して人に見せず口外もしない、という条件で、馘どころか、本社へ転勤することを約束してくれましたよ。尤《もっと》も私の転勤――れっきとした昇進ですよ――は、ほとぼりのさめたころ、この九月ごろという約束になりましたがね。あとK町も二三カ月なら、却《かえ》って避暑代りでよござんす」

「その手記を俺に見せないかな」

「そりゃあだめですよ。そりゃあだめだ。専務との間に、男と男との約束がありますからね。あなたにだけはお見せしたいが、口外はできません」

瀬山はコップをもった指の一本を離して、それで以《もっ》て長押《なげし》のほうを指さした。見ると城所九造の、フロックコートを着たいかめしい写真がかかっている。

「やっぱり先生の霊が護《まも》って下さったんだ、と私はこう考えてます。人間、正道を歩んでいれば、誰もおとしめることができませんよ。正道と云《い》ったたって、私は何も、聖

人君子になろうというのじゃない。ただ、純粋無垢《むく》に、人間的に生きることが正道なんですよね」

昇はあいた口がふさがらなかったが、それでは果して瀬山が「人間的な」使い込みはやらなかったか、と反問しようとした時に、さっき写真をとられていた小肥りした女、瀬山の細君が、変なオルドーヴルのようなものを持って出たので、この話題は中断された。

客の前で亭主の威厳を誇示したがる世の常の男の心理が、おそらく逆に働らいて、酔った瀬山は、自分の卑小を客の面前で女房に確かめさせたいという、悪趣味な情熱の虜《とりこ》になった。厨《くりや》へ下ろうとする細君のスカートを、彼はむりに引張ってそこに坐《すわ》らせた。

「この若先生に俺は揶られてなあ。その痛かったこと。痛かったこと」

瀬山はそうしつこく繰り返し、昇と細君が目を合わしにくい困りようをするのを面白く眺めて、まだビールを三本もあけないのに、いきなり立上って、越冬の人たちを興がらせた猥雑《わいざつ》な踊りを踊った。

踊りの途中で急に思いついた瀬山は、細君にこう叫んだ。

「カメラをもって来い。カメラ、カメラ」

子供がやって来て、客の皿から、堂々と一切れのハムをつまんだ。両親はどこを風が吹くという顔をしていた。

「いいカメラでしょう」

と瀬山は先程の写真機を昇に手渡した。

「キヤノンのⅡD《ツーデー》ですよ。レンズはF1・8です。これでやっと坊主《ぼうず》のアルバムが作れるよ。カメラのために越冬する気にはなれなかったが、越冬させられれば、こうしてカメラも手に入る。きのう買ったばっかりなんです」――それから彼は細君の前で英語を使った。「どうです、城所さん、こんな四五万のカメラも買えなかった私が、ディファルケイション（使い込み）をやっていたと思えますか」

昇はとうとう、今日専務を訪ねたことを言わなかった。瀬山は又、顕子のことを根掘り葉掘り訊いたが、もとの秘密主義に戻った昇は、ごくあいまいな返事をした。昇が帰京後まだリュショールへ行っていないときいて、瀬山はひどくその不義理を責めた。自分が連れて行ってもらいたかったのである。

瀬山の家には電話がなかったので、都心へ出てから、昇はホテルへ電話をかけた。顕子は電話口で、怒るまいとして、昔ながらの不本意な含み笑いをした。この笑い方はいかにも懐しく、昇は顕子がさしで会うよりも、電話で話すほうが、ずっと艶《つや》やかな声をしているのに気づいた。一瞬、越冬中のあの感動的な電話を思い出したほどである。そこで昇は、はじめ考えていた帰宅の時間を、一時間繰上げて言い、事情を話して、それまで映画か何かを見て時間を潰《つぶ》していてほしいと言った。顕子はしばらく黙っていたが、いいわ、と答えるなり、電話を切った。不快になった昇は、帰宅の約束を一時間早めたことを後悔した。

瀬山を連れてリュショールへ入って行った昇が、どんな大袈裟《おおげさ》な嬌声《きょうせい》に出会ったか、想像に任せよう。彼はたっぷり金を使い、マダムをはじめ、女の一人一人に人枚の祝儀《しゅうぎ》をやった。そして結局、酔い潰れた瀬山をハイヤアに乗せて、自分は電話で約束したとおりの時刻にホテルへかえった。

顕子はどこへも行かずに待っていた。

さびしかった、と訴えたが、この一言に昇の批評癖はそこばくの誇張を嗅《か》ぎつけた。何故《なぜ》なら、顕子はそれを幾分過度の甘えを以て言ったので、昇を待っていたさびしさよりも、一人で夜のホテルにいたさびしさのほうが先に立ち、こんな子供らしいさびしさを訴えるためには、もともと顕子の顔立ちに、それにふさわしいあどけなさが不足していたのである。

顕子はしきりに風呂《ふろ》へ入れと云った。汗を流したかった昇は、当然風呂に入るところだが、風呂場へゆくと浴槽《よくそう》にはすでに新らしい湯が湛《たた》えられていたので、顕子のすすめた理由がわかった。

料理も裁縫もできないという顕子が、何か自分にできる家事を考えあぐねて、丁度昇のかえる時刻に湯を湛えておいたのである。しかし家庭の風呂とはちがい、浅い西洋風呂に、栓《せん》をひねればすぐ充《み》ち溢れる湯を、前以て貯《た》めておく必要があるだろうか？

顕子の気のきかせ方には、ままごとじみたものがあり、それは家庭の戯画に類していた。

昇は裸かになって足を湯に浸《つ》けた。果して、熱好《あつず》きの昇には、ぬるかった。

『もし俺が時間どおりにかえらなかったら、顕子はどうするだろう。湯を入れては、冷《さ》めたころ抜き、また湯を入れて、風呂場とドアとを、往《い》ったり来たりしていたことだろう。いや、そんなことはない。顕子は俺が時間どおりにかえることを知っていたんだ』

こんな予想は、青年の自尊心を少しばかり傷つけた。しかし彼には、育ちのいい人間の忍耐があったので、ぬる湯に我慢してひたりながら、あれこれと考えた。

昇は去年の顕子の不感不動に、あれほど独創的なものがあったからには、彼女の体に蘇《よみがえ》った歓喜は、顕子をもう一段独創的な女に、昇の見たこともない新らしい種類の女に、ほとんど崇高で悲劇的な女に、生れ変らせるだろうと想像していた。しかるに歓喜を知った女は、かけがえのない男に対する女の屈従の見本になり、昇の知ったどの女よりも凡庸な女になり、忽《たちま》ちそこに腰を落ちつけ、生れ落ちたときからそこに居るような顔をしているのだった。

昇の心を蕩児《とうじ》のわがままな怒りがとらえた。石鹸《せっけん》の泡だらけの浴槽へ、彼は栓をひねって、熱い大量の湯を急にそそいだ。

この湯の音が顕子の耳に届いたとみえて、顕子はいきなり戸をあけて浴室へ入って来た。それでなくても、顕子は昇が風呂につかっているあいだに、何度も浴室へ入って来る癖があるのである。

顕子はすぐには、ぬるかったの、と訊かなかった。白一色の浴室は湯気に充ちていた。女は曇った鏡のところへ行った。指で鏡を拭《ふ》き、脣《くちびる》をさし出して、口紅の刷《は》き具合をためしたのち、やっとこう言った。

「ぬるかったの？」

「うん」

と青年は夥《おびただ》しい湯気の底から答えた。

「ごめんなさいね」

顕子は鏡を見たまま言った。それに答えた昇の若々しい声は、朗らかに反響した。

「あやまる必要なんかないよ」

彼が気づいたとき、顕子は泣いていた。

……ベッドの中で、顕子は何度もこう言った。

「私、あなたのお好きなような恰好《かっこう》をして、お好きなような女になるわ。銀座の真中を裸かで歩けと仰言《おっしゃ》れば、そうするわ」

それから一日に十ぺん着換《きか》えてみせろと言えば、それもすると附加えた。しかし顕子は、女が「お好きなように」と言うときはすでに手遅れなのだということを知らなかった。

顕子は明らかに不安にかられていた。自分が昇が好きだというその理由は明白すぎるほど明白だが、今では昇が顕子を愛する確たる根拠がつかめなかった。この不安には答がなく、問いは谺《こだま》になって帰った。彼女は昇のうちに彼の理想の形態を探《さが》していでも。

た。知りたいと熱望した。できればその理想がぶらさげているハンドバッグの色合まで
　今日一日は二人でいる時間が短かかったので、深夜の帰宅の時刻が来てから、顕子の逡巡《しゅんじゅん》は只事《ただごと》ではなかった。帰る理由がわからなかったのである。

　顕子と昇の脳裡《のうり》に、この雨もよいの午前二時に、たまたま同じような影像がうかんだ。顕子が、

「私の滝……」

　と言い出したとき、昇も丁度それを思いうかべていたのである。

　黒ずんだ紅葉のかげに懸《かか》っていたあの小滝は、身じまいを直すように、飛沫《ひまつ》を横ざまにかたわらの岩へ散らした。

　それが氷る。すると半ば雪に包まれ、からみ合った鋭い氷柱《つらら》になって動かなかった。氷柱は細く錯雑し、奥のほうに透明な氷の煌《きら》めきを隠していた。

　それが蘇《よみがえ》る。小滝は豊かな水嵩《みずかさ》を、おどろな響を立てて直下に落し、雪どけの川水のおもてを搏《う》った。……

「私の滝を」と顕子は言った。「どうしても見たいの、私。滝の近くに小さな宿があるって、お手紙に書いてあったわね。私、そこに泊るわ」

「しかし俺は、現場へかえったら、忙しくて、相手なんかしていられないだろう」

「それでもいいわ。ときどきお目にかかれるし、近くにいるだけでいいの。私が自分で宿屋に泊っているのに、どこからも文句は出ないでしょう。……そうだわ。私、仰言るように穏便にやるわ。休暇がおわるまで、毎晩家にかえって、そしらぬ顔をしながら、すこしずつ、永い旅行に必要なものをこのホテルに運ぶの。あなたがダムへおかえりになるとき、私、置手紙をして、黙って家を出て、一緒についてゆくわ。よくって？　主人がうろたえて捜索願なんか出したりしないように、一寸《ちょっと》永い旅行に出るけれど決して体の心配はない、って書くわ。それで、行先だけ書かないの。どう？」

「それでもきっと捜索願を出すだろう」

「それは絶対に出さないように旨《うま》く書くもの。第一主人は警察沙汰《ざた》なんかに絶対にしない人なのよ。世間態《せけんてい》を何より大事にする人だから。むかしの親戚《しんせき》の不良学生が詐欺《さぎ》をやったときも、主人が新聞社を駈《か》け廻って、記事を揉《も》み消してもらったくらいなんだから」

＊＊＊

二週間の休暇はすぎた。その最後の一夜を、昇は会社の宴会があるといつわって、顕子に納得させて、自分のために明けておいた。顕子はあくる日の出発直前に、ホテルへ昇を迎えに来るだろう。

東京の最後の日は幸いに晴れた。蒸暑くもなく、初夏らしい爽《さわ》やかな一日である。昇は一昨日、一人でスケート場へ行って、いくらか美しい小娘のあとをつけまわして滑《すべ》り、わざと体をぶつけて懇意になった。昇の色の黒さを彼女が不審がったので、昇はうまく言い抜けようとして、南方帰りの船員だなどと言ってしまった。そうして今夜の約束をしたのである。

昇は抒情《じょじょう》的な買物をした。小娘のためにブローチを買った。条件に叶《かな》ったブローチはなかなか見当らない。あんまり高くも安くもなく、船員が久々の上陸に大いに張り込んで買ったという程度の値段で、趣味《このみ》も好《よ》すぎず悪すぎないもの。どちらかというと、少し野暮な趣味《このみ》で、できればほんのちょっと小娘の憫笑《びんしょう》を買い、あまり有難くはない贈物だが、男の気持がうれしさに身につけるような、そういうブローチ。

……彼はどうやらそれに似たものを探し出して、買った。

それから会社へ寄り、あしたダムへかえる挨拶《あいさつ》をした。課長は丁度一昨日、補償問題が最後的に片附いたと云って、よろこんでいた。奥野川ダムの用地補償、その他の主要補償対象は、道路二十五キロの附替と、水没する耕地約百三十町歩、山林約八百三十町歩、人家四十三戸であったが、その補償については地元とのあいだに、二年以上揉めていたのである。

小娘は待って、じれていた。紳士だったら、さきに待ってるもんよ、と怒りながら言った。こんな愚かな言草が、昇を一ぺんに快活にした。彼は、横を向いて、ぶっきらぼうにブローチの包みを差出した。

少女の顔には憫笑はうかばなかった。彼女はブローチをと見こう見してうっとりしているので、昇は当てが外《はず》れた。

「あんた、船乗りにしちゃ、案外趣味がいいのね」

彼女は自分の鑑識眼を誇るようにそう言った。

昇が殊《こと》の外金使いが荒いので、と云っても、中どころのレストランへ連れて行っただけだったが、そんなにパッパと使っていいの、と小娘は難詰《なんきつ》した。昇は船乗りは気前のいいものだと説明したが、ほかの少女がサーカスの危険な軽業《かるわざ》を見て目をつぶるように、彼女は人がむだ使いをするのを、とても正視していられない性質《たち》であった。

まずいチキンライスを喰《た》べながら、昇は思いつくままに寄航地の名を列挙した。アモイ、香港《ホンコン》、マカオ、シンガポール、……シンガポールのライスカレーの旨かったこと。

食事がすんで店を出ると、昇は世にもたのしい気持で口から出まかせを言い、しばらく日本を離れていたから今の流行歌を知らないと言った。

小娘は急にぞんざいな口調でこう言った。

「教えたげようか」

そして彼と小指をからめて歩きながら、何度も最初の節《ふし》を唇の尖《さき》でためしてから、小さい声で歌いだした。


二人は初夏の晩の浜離宮公園へ散歩に出た。汐《しお》入りの池は月に光り、水門のむこうには、月島港に泊っている汽船の赤い檣燈《しょうとう》がぽつりと見えた。かれらは海のほとりへ行って、堤防の石垣に足をぶらぶらさせながら話した。少女があんまり疑うことを知らず、あんまり映画的なものの考え方をするので、昇は興ざめた。彼はしばらく黙っていてくれとたのんだ。小娘の背中へまわした昇の手は、短かい袖《そで》の、凪《なぎ》に汗ばんでいる腋《わき》に触れて、彼を少しばかり幸福にしたが、

「ねえ、今度シンガポールへ着いたら、あそこの切手を貼《は》った手紙を頂戴《ちょうだい》ね」

と言い出したので、この感興も台無しになった。

――昇にしては随分珍らしいことだが、少女の体には手をつけずに、次の架空の約

束をしたまま、匆々《そうそう》に別れてホテルへかえった。東京の最後の晩は、こんな結末のおかげで、ぐっすり一人で眠った。

＊＊

顕子は昇の選んだ汽車が急行ではないことにおどろいた。昇は二人連れを憚《はばか》って、越冬の同僚と乗り合わす惧《おそ》れのある急行を避けたのである。車体は汚なく、旅は永かった。数冊の下らない雑誌が、二人の膝《ひざ》の上をあっちへ往《ゆ》きこっちへ往きした。

K町でも、昇は会社の人たちの泊らない目立たない宿をとり、ランドローヴァーも断念して、明朝のためにダムサイトまでのハイヤアを予約した。こういうくさぐさの配慮は、決して昇の見栄坊《みえぼう》から出たものではなく、祖父伝来の公私混同を嫌《きら》う気持からだったが、顕子の心は傷つけられた。

しかし、明る朝、K町を出発したハイヤアが眩《まば》ゆいほどの若葉の山道にかかると、顕子は又いきいきとして、開け放った車の窓から、刻々に深まってゆく、若葉に包まれた谷々を見下ろした。

昇もまた、はじめて見るこの広大な若葉に感動した。それには固い葉の手ざわりを思わせるものはほとんどなかった。水を含んだ綿が、鮮やかな薄緑をして、限りなくひろがっているとしか思えなかった。谷間へせばまってゆく山の斜面は、繊細な起伏を帯び、その起伏のふくよかな萌黄《もえぎ》は、湧《わ》き出る雲のように次々と連なった。花の木はどこにもなく、一いろの若葉で埋まっていたのである。

昇はやがて、山々のはざまに駒《こま》ヶ岳が肩を露《あら》わすのを見た。

その姿を見ると、青年はかたわらの女を忘れた。山の紫紺の岩肌《いわはだ》は乏しく、山頂はまだ雪に包まれていたが、白馬の毛の薄い部分を思わせる、あの神経質な血管の縦横に走っているのに似た山肌は、日の光りにくっきりと彫り出されていた。そこに落している一ひらの雲の影は徐々に動いた。

この超絶的な存在が、今、昇の心に与える親しみは例《たと》えようがなかった。彼はざっくばらんな態度で、その肩を叩《たた》きたいと思った。彼の内的なものは氷解し、今ほど自分がこのような純粋な外部存在に、裸身で触れることはないような気がした。

ハイヤアは枝折峠で一休みした。顕子がこの峠の名の由来をきいたので、土地の運転手は歴史的にはなはだあいまいな言い伝えを永々と喋《しゃべ》った。

それによると、昔、尾瀬三郎房利《ふさとし》が、時の帝《みかど》の女御《にょうご》に懸想《けそう》して、平清盛に追われ、ここまで来て山越えに難渋した。道はなく、藪《やぶ》は深かった。そのとき守り本尊の虚空《こくう》蔵菩薩《ぞうぼさつ》が童子の姿に化身して現われ、枝を折り折り道案内をしてくれたので、それから枝折峠の名が起ったのだそうである。

昇と顕子は、この物語を心々に聴《き》いた。郭公がしきりに啼《な》いたが、北側の沢にはまだ残る雪があった。かれらは今ハイヤアで来た山々や谷を眺《なが》めた。風が起って、谷を埋める若葉はつぎつぎと葉裏を返し、風の渡る道行は、まるで白い小動物の群がわたるように、ありありと目に映った。

石抱橋をすぎ、喜多川のほとりへ出たとき、ハイヤアは遠くから振られる白旗の合図に、山かげに停車した。大ぜいの人夫たちがばらばらと駈けて来て、そこらの凹《くぼ》みに身を隠すのが見られた。

「発破《はっぱ》だな」

と昇は言った。顕子は昇に寄り添うた。

「大丈夫?」

「この分じゃあ、君は奥野荘で、毎日発破におどかされて暮すわけだ。一日で懲《こ》りて、帰りたいって言い出すだろうな」

やがて爆音はあたりをとよもして、三たびつづいた。

昇は車を下りて、顔見知りの組頭《くみがしら》のところへ近づいた。

「やあ、おかえんなさい」と組頭は言った。しじゅう酔っているような顔色と物言いの小柄な男で、そのカーキ色のゲートルはほとんど土色に変色している。

「もうはじめたんですね」と昇が言った。

「突貫工事でね、五日前から。……もうハイヤアは通っても大丈夫ですよ。仕掛けたのは三発で、三発まちがいなく鳴ったから」――それから車のほうを顎《あご》でさして、こう言った。「奥さんですか」

「まあね」

ハイヤアがそこをすぎるとき、馴染《なじ》みの人夫たちは、窓から首を出している昇にお辞儀をした。荒沢岳に沿う喜多川沿岸の道の一部は、この二週間のあいだに、見ちがえるほど広くなっており、そこの崖《がけ》は穿《うが》たれて、黒光りのする岩盤をあらわしていた。喜多川の水を奥野川へみちびく仮排水路がすでに着工していたのである。

このトンネルは荒沢岳と細越山を貫通して奥野川へ抜け、喜多川の全水量を、まず奥野川へ導入する。奥野川の対岸には、さらに、ダムサイトの下流にまで一直線に貫く長い仮排水路が掘られ、喜多川と奥野川を併《あわ》せた水が、これによってダムサイトの下流へ導かれる。都合二本の、あわせて「型の仮排水隧道《すいどう》が設けられるわけである。

こうしてダムサイトをめぐる水域は干され、奥野川と喜多川には、この二本の仮排水路の入口のすぐ下流に、仮締切のアーチダムが作られるのであった。

建設事務所へゆく前に、昇は顕子のために奥野荘の前で車を下りた。部屋は二階の八畳が空《あ》いていた。二人は黒光りのした、よくきしむ階段を昇った。窓をあけると、奥野川の川音がきこえた。

「今度は君が泊って、俺が帰る番だ」と昇は言った。「皆の手前、宿舎をあけるわけには行かないよ。だから、晩飯がすんだら、散歩に出るふりをしてここへ来て、消燈《しょうとう》前には、宿舎へかえらなくちゃならない。それも仕事の忙しい日には、晩飯が九時ごろになったりして、来られないかもしれないな」

顕子は答えない。昇の言葉が耳に入らぬように、窓に立って、黙って川のほうを眺めている。そして、こう言った。

「私の滝は？……」

そのとき又発破がとどろいて、奥野荘の粗末な建物は鳴動した。

「ここからは近いんだ。歩いて五分ぐらいだ」と昇が言った。窓からふり向いた顕子の顔は、多分若葉の反映のせいで、大そう蒼《あお》ざめて見えた。

昇は自分の生活に悲劇を持ち込むのがきらいだった。だから顕子のこんな顔いろは気に入らなかった。彼は主治医のように言ってのけた。

「俺のいない昼間は、すこし一人で散歩をしたらいい。空気はいいし、健康にはそれが一番だよ」

二人は宿を出て、滝を見に行った。

昇には、去年の最初の夜、彼をあんなにも美しく見せたやさしさが衰えていたが、顕子はこの変化を口に出して言わなかった。言えばその言葉が讖《しん》をなして、彼の身も心もますますやさしくなくなるのを怖《おそ》れたからだろう。

一方、たえず昇の心のうごきを揣摩《しま》している顕子の表情が煩《わずら》わしくなった昇は、今ではなるたけ顕子の顔を見ないように努めていた。彼には対坐《たいざ》が苦痛になった。二人が顔を平行に向け、同じものを見るほうが、何かと心が触れやすくなるだろうと思われた。彼は早く滝のところへ行こうとして急ぎ、ズボンの裾《すそ》が木の株に引っかかったりするのを意に介しなかった。

川へ下る道は若々しい蘆《あし》に覆《おお》われていた。川端《かわばた》の例の橅《ぶな》は、若葉を透かす光りを、それらの蘆の上にこまかく綿密に散らしており、風が梢《こずえ》をそよがしているので、揺れる葉影は、散らばった多くの光りの輪を、つないだり、密集させたり、また一どきに散らしたりしていた。

小滝の裾は、遠くからも白く、葉かげに見えた。近づくにつれて、その音は際立《きわだ》った。

水嵩《みずかさ》は前ほど夥《おびただ》しくなかった。楓《かえで》の若葉が繁《しげ》くなったので、さし出す枝葉に、滝の姿はそこかしこ隠されていた。たえず繁吹《しぶき》に濡《ぬ》れている下方の楓の萌黄はつややかであった。

「これがそうなの？」

と顕子は言った。

「そうだよ」

彼女は自分とこんな小滝との類似点を、あれこれと探しているらしかった。昇の目には、滝と相対《あい》した顕子の姿が、不調和というよりも、ありうべからざる光景、という風に映ったのである。彼の頭の中では、滝が目の前に在るときは、顕子は居ない筈《はず》であり、顕子が目前に居るときは、滝はそこにはない筈で、この二つのものが相対《あい》している光景には、何か感覚に逆らうものがあった。そうあってはならない、という、不正確な答を見て直感的に感じられるあの感じ。昇は自分が何に不安を抱いているのかと訝《いぶ》かった。

顕子を宿に送り返して、昇一人は、待たせてあったハイヤアに乗って、宿舎へむかった。学校の前をすぎ、ゆるい斜面をのぼって、宿舎や事務所や倉庫などが一目に見渡される地点へ出る。車の中からでも、昇にはそのあたりのきのうに変る活気がわかった。

三台のダムプトラックと、二台のランドローヴァーが宿舎の前に止り、菜ッ葉服の人たちが忙しげに出入りしていた。それは丁度何か「取込み」のある家へ乗り込んでゆくときの新鮮な感じに似ていた。

昇のハイヤアが宿舎の前に着くと、汚れた軍手をはめながら、たまたま出て来た田代が、大仰に握手を求めた。その目は昂奮《こうふん》にいきいきとし、頬《ほお》は以前のように紅《あか》い。

「おかえりなさい。荷物はあとで運んだらいいよ。いいものを見せてあげるから、裏へ行こう」

田代に引張られて、奥野川に面した裏庭へ出る。昇は思わず嘆声をあげた。

そこには巨大なジャイレイトリー・クラッシャーが二台並んでいる。新品のつややかな鉄の輝やきが美しい。磨《みが》かれた縁《ふち》の部分は空を映して青い。そばへ寄ると、心をそそるような油の匂《にお》いがした。

この砕石機は、コンクリートの骨材の製造に用いられ、内部の倒立した円錐頭《コーンヘッド》が、底部に設けてある傘歯車《かさはぐるま》による偏心軸承《じくうけ》の廻転につれて、偏心運動をして、原石を砕くのである。今日にも四本の柱に支《ささ》えられた雨よけを、その上に架するために、クラッシャーのかたわらには古材が夥しく積まれている。

昇はクラッシャーに手をふれた。油の匂いに包まれた鋳鉄は冷たく、この鉄の冷たさには威厳に似たものがあった。

「一流品だね」

と田代は言った。昇は喜びを以《もっ》て、永いことこれを眺めた。

二台の機械は、堅固な整った姿で立っていた。これは実際、越冬のあいだ昇の心に宿った観念の形態にふさわしかった。どんな肉慾《にくよく》にみちた観念も、またどんな詩的な観念も、ひとたび形をとって動きだせば、何かしら凡庸なものになった。しかしこの複雑な鉄の形、鉄のかがやき、油の匂いには、昇にとって最も飽きの来ない、最も親しい、強いて云《い》えば、永遠のものがあった。

『俺は石と鉄でしか遊ばなかった子供だ』

と彼は微笑して、思った。

やがてクラッシャーは動きだし、石を押しつぶし、それを細かく嚙《か》み砕くだろう。砕かれた石はコンクリートに混ぜ合わされ、コンクリートは徐々に厚く、やがて空に聳《そび》え、百五十米《メートル》の高大な堰堤《ダム》になるだろう。……

この異常な力、異常なエネルギー、異常な巨大さ、……昇はこういうものに携わる喜びを誇張して感じた。人間的な規模や尺度は、彼の心に愬《うった》えなかった。おそらくこんな異常な尺度、こんな逆説的な場所でしか、自分の中に人間的な情熱を発見できないことが、昇の宿命だったろう。しかし複雑で無感動なこの青年の代りに、人の単純な仕事熱心な土木技師を置いてみれば、彼が色恋のいざこざはすぐ忘れて、仕事に身も心も入れ揚げると謂《い》ったところで、格別誰がふしぎな話だと思うだろうか?

昇が田代と一緒に、非常階段から二階の事務室へ上ってゆくとき、田代はその木の階段の上で足を踏み鳴らしながら、

「ついこの間まで、この段まで雪に埋まっていたんだからなあ」

としきりに言った。昇はこの言葉から、雪解けの当初にあれほどの感動を以て踏みしめた土を、今何も思わずに踏み歩いてきたのに気づいた。

機嫌《きげん》のよい証拠に廻転椅子《いす》で貧乏ゆすりをしている技師長の巨《おお》きな背中が見えた。

椅子は煮立つように震えて、遠からず壊《こわ》れるに決っていた。

「やあ、おかえり」と技師長は昇を胴間声で迎えた。「丁度よかった。今、砕石工《クラッシング・プラ》場《ント》の設計図を見ていたところだ。今日から、早速組の連中に基礎を作らせるから、君、監督に行ってくれんか」

昇は机の上にひろげられている数枚の青写真を見た。一枚の一隅に、必要な機械の一覧表が、こまかい白字で記されている。

(1)水平グリズリー　2面
　幅二・五米×長さ五米
(2)ジャイレイトリー・クラッシャー　2台
　能力――毎時二一〇瓩《トン》
(3)傾斜グリズリー　1面
(4)ベルトコンベヤー　1台
(5)落下シュート　1基
(6)第一貯蔵ビン　1基
(7)ホッパーゲート　1基
(8)レシプロケーチング・フィーダア　1台

(9)ベルトコンベヤー　1台
(10)ベルトコンベヤー　1台

これは低位コンクリート混合プラントの設計で、高位混合プラントは、工事活動がもっと進んだころに設けられる筈である。

「今のところ君にたのむのは、この監督と、それから並行的に、コンクリート試験室も早速作らなくちゃならんから、その工事の監督とだな」と技師長が重ねて言った。

窓という窓はあけ放たれ、初夏の風が事務室のなかを充《み》たして、巻き癖のついた青写真は白い裏面をみせて転《ころ》がった。羊皮紙の巻物を並べた古代の図書館を思わせる設計図の棚《たな》は、半ば空《から》になって、埃《ほこり》をきれいに払われた白木の部分が広がっていた。

昇はみんなが立ち働らいている事務室をうれしく眺めた。ある者は立ち、ある者は坐《すわ》り、ある者は忙しげに往き来していた。木の壁には、基礎工事進捗《しんちょく》状況の大きなグラフが貼《は》られ、まだ二齣《こま》ばかりの短かい太い黒線が上へ向っていた。

越冬しなかった技師たちは、昇を迎えて、少し眩《まぶ》しそうな笑顔をした。同僚のこういう謙虚な後《うし》めたさが、昇には面白かった。いかにも満ち足りた気持で、『こいつら、俺に損な籤《くじ》を引かせて気の毒だ、という顔をしていやがる』と思うことができたから

である。

彼は事務室の一隅に、設計図と睨《にら》めっくらをしている佐藤を見た。越冬中この青年からうけた厭《いや》な感じは消え失《う》せていた。そればかりではない。越冬しなかった同僚の中にまじっているこの越冬者の、雪に灼《や》けた黒い顔は、昇に忽《たちま》ち、人種的親和感と謂《い》ったものを抱かせた。

彼は佐藤に近づいた。佐藤はその侍風な生まじめな顔に、はにかんだ微笑をうかべた。

「お茶を飲みに行こう。今飲もうと思っていたところなんだ」

そして昇を衝立《ついたて》で囲まれた茶呑《ちゃの》み場へ伴った。アルミの大きな薬罐《やかん》から、会社の紋を染めた厚手の茶碗《ちゃわん》に茶を注ぐと、彼は熱すぎる茶を両手で冷やしながら、若葉に包まれたダム地点《サイト》のほうを窓外に眺めた。

「おい、どうした? 帰ったあの晩は」

昇は学生風の、どやしつけるような肩の叩《たた》き方をした。佐藤はしばらく黙っていた。貧相に尖《とが》らした口先で、茶を吹きながら、その湯気のなかで、何度も目《ま》ばたきをした。あげくにこう言った。

「とうとうやらなかったんだ。やっぱりやれるもんじゃないな。そのくせ、帰って二

日目に、悪い友達に誘われて、女を買いに行ったんだ」

この『女を買う』という昂然《こうぜん》たる言い方には、いかにも意識的なものがあったので、昇は佐藤のこんな経験が、はじめてだということを見抜いてしまった。

発破が遠く轟《とどろ》いた。方角は奥野川の上流のほうで、往きに来た道の取水口とは反対の、放水口のほうの掘削の発破である。

「ダイナマイトはいいな」と少々感傷的な調子で佐藤は言った。「この音は俺は大好きだ」


一時間後、昇はダムサイトの西側の小高い丘の頂きにいた。伐採されたその平坦《へいたん》な頂きが、砕石工場の敷地になるのである。彼は組頭から火を借りて、煙草《たばこ》につけた。目をさえぎるもののないこの高所から、ダムサイトの対岸のあらわな岩の絶壁はよく見えた。絶壁のそこかしこを覆う若葉は、まことに新鮮で、青い花のようである。百五十米の高さのダムの形を岩肌にえがいた白線も、あのような吹雪《ふぶき》の幾月をくぐって、少しも剝落《はくらく》した跡がなかった。

昇は足下の楓の葉むらを縫い、昇ってくる白いものの曲りくねった列をみとめた。それは人夫たちが一人一人コンクリートの袋を担《にな》って、山道を来るのであった。

***

昇は毎夜、奥野荘の顕子のもとへ通った。暗い電燈《でんとう》の下の夜毎《よごと》の数時間は、細君が大そうなおめかしをして、仕事に疲れて帰る良人《おっと》を迎える、わざとらしい陰気な家庭の模写であった。若い昇は、青年たちの活気にあふれた宿舎の夜のほうへ惹《ひ》かれた。あまつさえ、数日のうちに窄《せま》い土地の噂《うわさ》が宿舎へ届かない筈はなく、それと知りながら同僚たちが見て見ぬふりをしているという印象が、昇の心を傷つけた。

ある夜、顕子は大そう顔いろが悪かった。昇がわけをきいたが、答えなかった。答えれば、早く東京へ帰れと言われるに決っているから、答えない、というのである。彼がそう言わないと約束したので、顕子は言った。

「昼間のあのダイナマイトの音がたまらないの。あっちからもこっちからもきこえるんですもの。耳をふさいでも頭にひびくわ。散歩をしろと仰言《おっしゃ》るけれど、怖《こわ》くて散歩もできないの。一日この部屋にこもっているのよ。食事は進まないし……。あたくし、すこしむくんで来やしない？」

顕子の顔には、心なしか陰翳《いんえい》が消えていた。心の訴えがみんな皮膚の表面へ出て来てしまって、そのために顔は重たい感じを与えた。目ばかりが冴《さ》えて、病的にいきいきとして、感情の動揺につれてすぐ裸かに煌《きら》めいた。こんな環境をわきまえない都会風の念入りな化粧は、自然らしさを狙《ねら》いながら、実は自然さを全く欠いていた。顕子が今も自分を美しいと思っていなかったら、こんな美しさはとっくに崩《くず》れ果てていた筈だ。

約束の手前、昇は、東京へ帰れ、とは言わなかったが、心は敏活に、一人きりの昼間の顕子の姿をえがいた。

発破がひびく。じっと待つ。もう一つ鳴る。しばらく間《ま》をおいて、また鳴りひびく。もうおしまいだと思う。しかし安堵《あんど》はやって来ない。代りに今度は孤独感に身を包まれる。顕子は窓をすっかりあける。又すっかりしめる。又あける。時計を見る。時間は少しも進まないのである。……

昇はいかにも我儘《わがまま》だったが、こういう顕子を見て、彼女の自業自得《じごうじとく》だと考えて済ませるわけではなかった。彼には冷たさを程のよいものにするあの性格上の単純さが欠けていた。それだけに、こんなみじめな想像によって心を傷つけられることが、いかにも不当な気がした。もし女が彼の、さほど難解でもない心の動きに協力してくれたら、女も悲劇を避けうるし、彼も傷つかないですむ筈だった。すべてを顕子の無理解のせいにしたがる昇は、やがて女の理解の仕方におもねるまでになっていた。とうとうこう言った。

「俺を冷たいと思う?」

唇を噛んだ顕子はひどく果敢な表情をした。

「思うわ」

「それにはちゃんとした理由があるんだ。俺はどうしても疑うことをやめられないんだ」

「何を?」

昇の声は意識せずに朗らかになった。

「君を治《なお》した男が、俺以前にいるのじゃないかっていうことさ」

顕子は一瞬信じられない顔をした。男の嫉妬《しっと》を何度か見ている彼女は、正確な直感から、今の昇が決して嫉妬をしている男ではないと思ったのである。

⁂

あくる日の寮の夕食の最中に、訪《おとな》う人の声がする。男の声である。炊事夫の鍋鶴《なべづる》は玄関に出た。こんな時刻の訪客はめずらしかったので、みんなは箸《はし》を休めて聴耳《ききみみ》を立てた。かえってきた鍋鶴はこう言った。

「城所さん、お客様です」

鍋鶴から名刺をうけとった昇は顔色を変えた。それには、菊池証券取締役　菊池祐次郎と刷られてある。

彼は二階の来賓用の座敷へ客を通すようにいいつけた。その後の昇が、いかにも不味《まず》そうに食事の残りを片附けるさまを、みんなは会話を熄《や》めて、見ぬふりをしてしきりに見た。気詰まりな沈黙のおかげで、窓外の雨の音が高まった。

昇が人前でこんなに内心の動揺をあらわすのを、親しい友も見たことがなかった。そこにはいつも沈着で鷹揚《おうよう》な「城所九造の孫」の代りに、うつむいて暗い落着かない様子で飯をかっこんでいる一人の青年がいたのである。昇は紺のスポーツシャツに、薄いろのギャバジンのジャンパアを着ていたが、そのジャンパアの広い肩幅は、今は広いままに見すぼらしく見えた。うつむいているために、湯上りの髪につけている髪油ばかりが輝やいていた。この観察が当っているかどうか知らないが、田代は昇の屈辱の表情をはじめて見た。

昇はというと、一つのことばかり考えて、その答が焦《あせ》れば焦るほど得られなかった。『顕子の良人はどうしてここを嗅《か》ぎつけたんだろう。もしかして、顕子が寝返って、俺に復讐《ふくしゅう》させるために、わざわざ良人を……』

昇は自分の行為の何らかの結果というものに、今まで出会ったことがなかったのである。社会に甘え、何もかも呑みこんでしまうその混沌《こんとん》に信頼を置きすぎていた青年は、いつも偶発的な自分の行為に必然性をみとめず、はては彼自身に決して必然性をみとめぬまでになっていた。彼は明日《あす》を思わなかった。金を借りる必要のない身分だが、もし昇が金を借りて、明日になって返済を迫られたら、昨日の昇と今日の昇は別人だから金を返す義務はない、と答えたことだろう。

みんなの視線を感じた昇は、わざと昂然《こうぜん》と目をあげたが、光沢《つや》のある塗料を塗った卓のまわりに、大きな鬼百合《おにゆり》を挿《さ》した花瓶《かびん》をかこんで、居並んでいる同僚たちの顔を見る勇気はなかった。彼は壁や柱に貼られた紙の文字を、少しも意味をうけとらずに、熱心に読んだ。

「服装清潔」

「手洗励行」

「通風換気」

「塵芥《じんかい》清掃」

「保健所の注意がありましたから、生水を飲まぬよう、御注意下さい」

昇は一人で食堂を出て、暗い玄関の前をとおった。客の雨傘《あまがさ》が壁に立てかけられ、泥だらけのオーヴァシューズをつけたコードバンの靴が揃《そろ》えてある。絹の雨傘の太い節くれ立った竹の柄の先端には、金《きん》が冠《かぶ》せてある。

昇は、今までにないことだが、自分の若さを見すぼらしく感じた。

——二階の座敷の襖《ふすま》をあけたときに、しかし昇の見たのは、随分想像とかけちがった男である。三十七八の恰幅《かっぷく》のよい男で、頭をきれいに分け、眼鏡をかけている。大柄な上に顔が厚く大きく、鼻や口が模範的に堂々としていて、温厚だと言ってもらいたがる顔である。背広も地味で、よい生地だと一目でわかった。宿屋の玄関へ立つだけで最上の部屋へ通される風采《ふうさい》、立派な良人の見本のような男である。

彼は昇を見る。畏《かしこ》まって坐る。畳に手をついて、ひどく尋常な挨拶《あいさつ》をした。

「菊池でございます。はじめまして」

「城所です。はじめまして」

「御祖父《おじい》様のお名前はかねがね承っております」

客間の電燈は大そう明るい。節の多い木口ではあるけれど、他《ほか》の部屋とちがって、体裁に床の間をつけ、紫檀《したん》の卓を置いている。しかも床の間には何もなく、壁にも何も掛けず、中央に百ワットの裸電燈がぶらさがっているのである。

昇は所在なしに煙草を喫《の》んだ。少年時代の記憶がよみがえって、大人がこんなふてくされた仕種《しぐさ》を咎《とが》め立てしてくれれば勇気が湧《わ》くのだが、と思ったりした。

「実は顕子の件でございますが……」

と模範的な良人は淀《よど》みなく言った。

昇はつと目をあげた。このいかにも澄んだ若々しい眼差《まなざし》を昇自身は知らないが、それは切羽《せっぱ》詰った瞬間だけに、彼を救いに現われる眼差である。

「実は、ざっくばらんに申しますが、私は少々もてあましながら、家内をいつも放任しておりました。御存知でもございましょうが、家内の生活の枠《わく》と云《い》ったら、外泊しないということだけで、他《ほか》では何一つ家内を縛ったおぼえがございません。ああいう、何と云いますか、もの喜びをしない女ですから、何を仕出かそうと、もの喜びをしていないことは、亭主の私には見透かしですから、安心しきっていたようなわけで。……おわかりでしょう」

昇はうなずいたが、彼には少しずつ、この莫迦《ばか》丁寧な物言いをする男を、どんなタイプに入れようかと考える余裕が生じた。たとえば風呂《ふろ》に入っても決して歌を歌ったことがなく、そのくせ本質的に怖《おそ》ろしいほど不真面目《ふまじめ》な男。――

「おわかりでしょう」と菊池は、講座風にじっくり問題を展開した。「……そこへもってきて、貴方《あなた》の事件です。これは正直、私にとって、青天の霹靂《へきれき》でした。青天の霹靂でしたよ、城所さん。……顕子が変ったんです。私に対しては依然として物喜びをしない妻ですが、顕子が私の知らない場所で、本当の女になったんです。私は彼女は一生あのままだと確信しておりましたから、このときの愕《おどろ》きは只事《ただごと》ではございません。私ももう今までのように、黙認しているわけには行かなくなりました。わかっていただけますね、私のこういう気持の変化が。……」

今では昇は、自分がどこかの会社の会議室にでもいるような気がしていたから、菊池の発言におどろかない用意ができていたが、次の発言の非凡さには、本当におどろいた。菊池はこう言ったのである。

「今日こうやって伺ったのは他でもないのですが、顕子を取戻すの取戻さないのというのはこれは二の次で、あなたに是非お目にかかって、伺いたいと思ったことがあるんですよ。顕子が変った、これは全く奇蹟《きせき》です。私には理解しようもない奇蹟です。私以外の男が誰一人、顕子を変えることができないのを見て、私はせせら笑っていたんでございますからね。何も私だけじゃない、どの男でもだめなんだ、難はもっぱら顕子にだけあるんだ、という風にね。そこで今まで顕子の浮気は数えきれないほどでございますが、私は一度もコキューの心境を味わないですんで来たんですよ。

それが、突然、奇蹟です。あなたの奇蹟です。……私が伺いたいのは他でもないんで」——と彼は言葉に多少抑揚を添えて、声を落して、ひどく生真面目な目つきで昇を見つめた。「ひとつその、秘訣を教えていただきたいんです」

若い昇の人間認識は、これをきいて、甚《はなは》だしい動揺を来した。彼はこんな種類の男を想像してみることもできなかったのだ。

彼は自分があんまり羞恥《しゅうち》を知らないと思っていたが、この一言で、言いようのない恥かしさに顔を赤らめた。自分に恥じた、というよりも、菊池と顕子と昇との住んでいるこの異様な小世界が、目の前に露呈されるのを見ては、その世界の醜さの焔《ほのお》が彼の顔を赤らめたのだ。

彼はまた、自分を感情をもたない人間だと思っていたが、屈辱には耐えない人間だということも知っていた。しかし世間には菊池のように、昇以上に感情をもたず、決して屈辱を怖れない男もいたのである。

青年は黙っていた。

しかし答の代りにその頬《ほお》を赤らめたので、菊池ははじめてゆったりした大人の微笑をうかべ、昇をいかにも小僧っ子だという風に見た。昇はその誤解に委《まか》せた。

「まあそれはそれとして」と菊池は言った。「私は万事話を事務的に運ぶほうでして、お気を悪くされては困りますが、いろいろお尋ねしたいこともございます。第一に、あなたは、何ですか、顕子と結婚なさるお気持はありますか」

昇は気圧《けお》されて、本能的な恐怖に搏《う》たれた。考えるより先に、うなだれた青年は首を左右に振った。

『俺はこう言うこともできた筈《はず》だ』と昇は思った。『いきり立ち、ヒロイックに、「僕は責任をとります」と言うことも』

世間の考え方で、こんな瞬間の昇が卑怯《ひきょう》だとしても、昇は人生が、青年の理論的確信を裏切り、それを打ち負かし、それに自己撞着《どうちゃく》を犯させ、ただの世間並の虚栄心から、結果として人生に屈服させる、そういう危機を乗切ったわけである。

菊池は、あいかわらず表情を動かさず、お人よしの安堵も、店の品物を安く見積られた怒りも示さなかった。おそらく昇のこんな答は、菊池にとって自明の事柄だったのである。

「そうですね。そうお考えになるのも御尤《ごもっと》もです。顕子は、あれは、女房にする女じゃありませんよ。ひろい世間に、あの女と一緒に暮して我慢していられる男は、私ぐらいのものでしょう」

彼は意気揚々とそう言ったが、こんな揚言にはいかにも陰惨な誇りがあった。そればかりではない。昇は、菊池の言う意味が、昇の体験した意味と、丁度うらはらになっていることをすぐ読みとった。菊池にとっての顛子の耐え難さは、昇にとっての顛子の耐え難さとは、別の範疇《はんちゅう》に属する。

菊池は急に、のけぞらせた眼鏡を裸電球に光らせて、笑いだした。彼もそれに気づいたらしかった。

「第二にうかがいますが」とようよう笑いを納めて言った。「あなたは今後も、顛子とずっと附合をお続けになりたいお気持がございますか？　それならそれで、こんな常識外《はず》れなやり方でなしに、何かと御便宜をはかりたいと思いますが……」

昇は今度は、うなだれる必要が少しもなかった。彼が欲しいのは自由だった。こう言った。

「いや……別に……」

菊池は腹の底からこみ上げるような笑いを笑った。実に快げで、昇から見ても、この場合、不謹慎だと思われたほどである。

「正直でいいなあ。こう申しては失礼ですが、本当に気持がいい。当節、正直な青年というものにお目にかかったことがありませんからね」――それから菊池は、ひどく逆説的なことを言った。「顕子があなたを好きになったのも尤もです」

菊池が、お気持をそのまま顕子に伝えてよろしゅうございますね、と恭《うやうや》しく尋ねたので、昇は胸の底の冷えるような勇気で、そうしていただいて結構だと答えた。

「そういうお気持なら東京へ帰す前に顕子に会われないほうがいいでしょう。私におまかせ下さい。私も忙しい体で、ここにのんびりもしていられませんから、一両日中には、何とかして顕子を連れてかえります」

目の前の菊池は、最初の印象とはすっかりかわって、昇にとって、忠実な管理人、事務的で親切な忠告を与え、万事にたよりになる執事と謂《い》った印象を与えた。菊池は内かくしから手帳をとり出し、予定表のこまごまとしたメモの上を、よく尖《とが》らした鉛筆の先で二三度叩《たた》いた。こんな家庭的な小事件は、どうやら彼の考えていた予定の軌道に乗ったものらしかった。

菊池は帰る身ぶりをして、窓外の雨へ目をやった。

「ダムというところは、案外淋《さび》しいもんですなあ。夜は街燈《がいとう》もろくすっぽないし、道はひどいぬかるみで……」

それから彼は何か言い忘れたことを思いだしたという口調で言った。

「若いうちはね、城所さん、自分のために女を蹂躙《じゅうりん》できます。三十をすぎると、そうそう自分ばかりにかまけてもいられず、女の身になって考えてやる気にもなるんです。本当の残酷さはそれからはじまるのですよ。青年というものは決して残酷になどなることはできません」

＊＊＊

あくる日は晴れ、まことに夏らしい日になった。昇が午前中の工事監督を終って、宿舎へ中食にかえってくると、田代が、今日は瀬山が来るそうだ、という噂《うわさ》をした。明日知事が見学に来るので、その打合せにやって来る瀬山は、一泊して、ここで知事を迎えるのだそうである。食堂の皆のあいだでは、しばらく瀬山が話題になり、あんな醜聞のあとで又K町の事務所に納まり返っている彼は、一体無実だったのかどうかという議論が戦わされた。

食事がすむ。昇は二階の自室へかえって、のんびりと煙草《たばこ》を喫んだ。空は強烈に青く、福島県の山々の尾根には雲が湧いて、鷹《たか》らしい鳥影が輪をえがいて翔《と》ぶのが見えた。

彼は今朝からの愉《たの》しさを、どう名付けてよいのかわからなかった。こうして一人でいることの透明な快さは格別だった。俺は本当に義務を免かれたのだろうか、と昇は信じられぬ面持で呟《つぶや》いた。自分の心に何一つ翳《かげ》を落すもののないことにおどろいた。記憶のうちにその理由をたずねて、彼は越冬中にだんだんはっきりした輪郭を帯びて来た顕子の幻影を思い出そうと試みたが、どこかの汽車の窓から見た駅頭の小都会の眺《なが》めが、そのときの眺めの鮮明だったことだけは記憶に残っていても、何一つ具体的に思い出されぬように、少しもその確乎《かっこ》とした形や、それを見ていたあいだの感動は、蘇《よみがえ》って来なかった。

昇には独特の倫理感があった。顕子にせよ、又ほかの有夫の女にせよ、少くとも情事の発端では、彼は一度として「姦通《かんつう》の趣味」などにそそのかされて、行動したことはなかったのである。彼の即物的関心には、その対象のもっているいろんな現実的属性に対する興味は、ほとんどまじっていず、もし昇と附合のあった女の目録を作ってみれば、その階級や環境の雑多さで、昇が決して何らかの趣味に従って行動しているのではないことがわかっただろう。顕子のような特殊な場合は、たまたま昇が一夜《ひとよ》ぎりの戒律を破って、彼女の引きずっているくさぐさの現実的属性とも、附合わねばならぬ羽目に陥ったというのにすぎなかった。

厳密に言えば、彼はそういう現実的属性とまともに附合った憶《おぼ》えはなかった。愛の行為が結婚や姦通と名付けられる一種の社会的行為に敷衍《ふえん》されるそこのところの継目の意識が、昇にはなかった。次元のちがうものを巧妙に継ぎ合わせる技術は、この孤児の若者の心のなかで、いちばん成熟していない部分であった。

『でも、何だって俺は』と昇は思った。『顕子の良人《おっと》の名刺を見て、顔色を変えたりしたんだろう。何だってあんなに、教員室へ呼ばれた生徒の恐怖でいっぱいになったりしたんだろう』

しかし今になってみると、彼は決してまともに顔色を変えたり、まともに怖れたりしたのではないと思いたがった。彼が怖れたのはただ煩雑《はんざつ》さにとどまり、菊池のあれほどの事務的な処理は、昇のこんな心理とまことにうまい組合せだったというべきである。昇は菊池にただ事務的に敗《ま》けたにすぎなかった。少くとも昇は今、あの醜悪な小世界から脱《ぬ》け出したのだ。実に簡易な事務的な手続で！

何はあれ、昇は乗り超《こ》えた。一つの対象をつきぬけて、その向う側へ来てしまったことは確実なのだ。この場所は彼には親しく、何度も来たことがあるような気がし、草は柔らかく、さわやかで、平和で、そうして一人きりであった。『ダムが完成すれば、周囲の風景は一変する。三年後のダムの完成ののちに、俺は今自分のまわりにあるような、こういう場所を、思い描いているのかもしれない。明日はまた消えるに決っているこういう場所が、自然の森や湖をめぐって恒久的なものになることを、希《のぞ》んでいるのかもしれない』と昇は思った。昇にとっては、情慾《じょうよく》のあとには、いつも「自然」が待っていたのである。

……煙草が尽きた。彼はさっきの鳥影を探して窓に凭《よ》った。奥野荘の方角には、楓《かえで》林《ばやし》がつづいて、道の上にさやいでいる木洩《こも》れ日が見え、その道を来る人は一人もいない。

このとき、聴き馴《な》れたランドローヴァーの音が近づいた。音は奥野荘へゆく道からではない。ずっと右方の、K町から来る喜多川ぞいの自動車道で、音が対岸の山々に反響して、可成《かなり》遠くからきこえるのである。

瀬山だと思うと、昇はなつかしく感じた。彼の今の単純なたのしさに、瀬山の単純さはきっとよく似合うだろう。

現われたランドローヴァーは、草地の只中《ただなか》の道をたどって、宿舎の前へ着き、案の定、片手に脱いだ上着をかけ、白いワイシャツの腕捲《うでまく》りをした瀬山が下りた。

昇は声をかけようとしたが、それにも及ぶまいと思って差控えた。瀬山はまだ二階を見ない。そして妙な素振をした。宿舎の玄関の前に立って、入ろうか入るまいかとためらう様子をしたのである。

うつむいていた瀬山は、陰気なのろい動作で、顔をあげた。昇の部屋のほうを、ぬすみ見るように見上げた。

しかしその窓に昇の姿をみとめた瀬山は、急に、ほとんど衝撃的な愛想笑いをして、

「やあ、元気ですか。今、そこへ行きますよ」

と言った。

昇は自分が瀬山の笑いに応《こた》えるのを忘れていたのに気づいた。先程はなつかしく思っていた瀬山の挨拶《あいさつ》を、昇は咄嗟《とっさ》に固くなった心でうけとったのだ。

次のような考えが、瀬山が階下でぐずぐずしてから昇の部屋へ上ってくるまでの五六分のあいだに、纏《まと》め上げられたものだということは、言っておく必要がある。瀬山のあの妙な逡巡《しゅんじゅん》、首をめぐらす陰気な鈍い動作、昇の部屋を見上げたときのあの上目づかい……。

昇にはすべてが、突然明瞭《めいりょう》にわかった。菊池に顕子の居どころを教えたのは、他ならぬ瀬山だったのである。

なぜ瀬山が菊池を知ったのかと昇が考えると、例の越冬中の告白の際、瀬山が顕子

の封筒にあった住所を口のなかで呟いて、おぼえこんでいた状景がすぐさま浮んだ。何のために？　おそらく瀬山は、それが昇に対する一等ききめのある復讐《ふくしゅう》になると、誤算したからにちがいない。

昇は瀬山の性格について知っているいろんな材料から、次のような自分の直感の正しいことを、思わずにはいられなかった。

『あいつは俺に殴《なぐ》られた怨《うら》みを、いつか晴らそうと思っていたんだ。それに俺があいつのためを思って専務に会いに行ったことは知らないから、あいつにとっては、まだ決してこの怨みは帳消しになっていなかった。あいつはたとえ使い込みをやっても、帳尻《ちょうじり》だけは合わさずには気のすまない男だからなあ』

彼が瀬山を見ていたその甘い見方を、昇は口惜しく思いながらも、裏切られた怒りの代りに、何とも知れぬ滑稽《こっけい》さを感じた。殴られたことを数カ月にわたって毎日考えていて、復讐の機会を待ち、そのあいだは低俗な友情の仮面で昇をあざむいていた気の毒な男が、いよいよやってのけた復讐は、的外れの結果に終ったのであった。菊池の来訪は、昇を破滅させるどころか、実は昇を救ったのである。

……昇はもとのように、のびのびと畳の上に寝ころがり、新らしい煙草に火をつけた。愉快な企《たく》らみを思いついたからである。

『よしこうなったら』と、今日は万事に愉しげな青年は考えた。『何もかも瀬山の思う壺《つぼ》にはまったふりをしてやるのが一番いい。俺は女の良人に仲を割《さ》かれて、身も世もあらぬ思いをしている憐《あわ》れな青年の役を演じよう。俺の内心のたのしさを、決して瀬山に見抜かれてはならないぞ』

階段を上ってくる瀬山の跫音《あしおと》がした。この宿舎の習慣で、彼は昇の部屋の唐紙《からかみ》をノックした。ノックは紙のあいだの空洞《くうどう》にひびいて、ぼてぼてした、煩《わずら》わしい音を立てるのである。

昇は力のない声で、

「入れよ」

と言った。瀬山は入ってくると、寝ころんだままの昇を見下ろして、やあ、と言った。昇は実に健気《けなげ》な微笑を努力して口辺にうかべる様子で、やあ、とこたえた。

「どうしたんです。元気がないね」

昇はだるそうに身を起し、「うつろな」目を向けたので、瀬山は気ぜわしく詰問《きつもん》した。

「何かあったね」

昇は永い間《ま》を置いて、またごろりと横になり、壁のほうを向いたまま、こう言った。

「顕子の旦那《だんな》が来たんだ」

「へえ、ここへ？　どうしてわかったんだろう。そして顕子さんは？」

「顕子は俺について奥野荘へ来ていたんだ」

「へえ、それでそこへ亭主が追っかけて来たんだね。こりゃあ大変だ。それで、あなた、亭主に会いましたか」

「会ったよ。だって宿舎へたずねて来たんだからね」

「それで、その結果は？」

瀬山のしんから心配そうな顔を見ると、昇は吹き出しそうになるので、顔を見ないように気をつけながら、せいぜい深刻にこう答えた。

「顕子はあした、東京へ連れてかえられるだろう」

永い沈黙があった。瀬山が心理的にもぞもぞしているのが、昇にはありありとわかった。瀬山はしばらくして、「そりゃ困ったね」とか、「そりゃあ大変だ」とか、「あなたの気持はよくわかるよ」とか、それに類した溜息《ためいき》を交互についたりして、まことに騒々しく同情した。昇はただ黙っていた。

そのうち昇は、自分の横になった姿を、じっといたわしく眺めている瀬山の視線に気づいた。瀬山はもう喋《しゃべ》らなかった。彼の角ばった厚い顔は、逆光のために、重い影に包まれた。

昇にはあとでわかったことだが、このとき瀬山の心には、彼の本当の持ち前でありながら、永いあいだ隠されていた従者の魂が、目ざめかけていたのである。

突然、瀬山がこう言った。

「ああ、K町へ電話をかける用事を忘れてた。又あとで会いましょう。あなたは午後もクラッシング・プラントの工事現場ですね。もしかしたら、そこへたずねてゆくかもしれない」

そうして、そそくさと立上った。

昇は瀬山というこの予断を許さぬ男への人間的な興味の虜《とりこ》になった。電話は宿舎の階下にもちゃんとあるのに、昇がふと覗《のぞ》いた窓から、別棟の事務所の非常階段へ向ってゆく瀬山を見ると、思わずそのあとを追わずにはいられなかった。

昇はいそいで、事務所の裏階段のほうへまわった。それをのぼると、例の衝立《ついたて》に囲まれた茶呑《ちゃの》み場へ出る。人に聴かれたくない電話は、衝立の際《きわ》にある電話機を使うのがならわしである。

昇は衝立のかげからのぞいた。瀬山の顔はすぐ目近《まぢか》にあって、受話器をとりあげた。奥野荘は、会社で使うことが多いので、特にこの建設事務所とのあいだに、電話が引かれているのである。

瀬山はあたりを憚《はばか》る声でこう言った。

「もしもし、奥野荘かい？　お清さん？　俺は瀬山だよ。K町事務所の瀬山。一寸《ちょっと》たのみがあるんだがね。……君のところに、きれいな奥さんが東京から来て泊ってるだろう。あの人をね、御主人にわからないように、うまく呼び出してほしいんだよ。ね、電話なんて云《い》わないで。こっちはうまく呼び出せるまで、大人しく待ってるから。……いや、浮いた話じゃないよ。急用なんだ。大事な用件なんだ。……え？　御主人は今しがた露天風呂《ぶろ》までいらしった？　ふうん、一人で？　ああ、宿の主人と一緒に。……そうかい、そりゃあ丁度いい。それじゃあ、奥さんは留守番だね。早く呼び出しておくれ、うん」

瀬山はあたりを見まわして、妙な鼻唄《はなうた》をうたい、拳《こぶし》の背で机をかるく叩《たた》いた。

「……ああ、菊池さんの奥様でいらっしゃいますか。はじめまして、私、××電力の瀬山と申します。どうかよろしく」

『瀬山はまだ顕子に会っていないんだな』と昇は思った。『そうすると、あいつは顕子が俺のホテルへ来ていた留守に菊池家をたずね、いよいよ顕子が出奔してから、行先を菊池に連絡したわけなんだな』

……瀬山の電話はつづいた。きいている昇はおどろいた。

「……実は、私、城所昇の友人の者でございますが、城所の代理で一寸お目にかかりたいと存じまして。……はあ？　今すぐなら？　場所はお宿ではないほうがよろしゅうございますね。お時間はとらせません。ほんの五六分でよろしゅうございます。は？　お宿の前の林、川にちかいところの楓林ですね。はい、承知しました。あそこなら外《そと》から見えませんから。ではすぐ伺います。自転車で伺いますから」

昇は河原づたいにゆく険阻な近道を知っていた。沢に足をとられ、荊棘《けいきょく》に膝《ひざ》をやぶられながら、走ってゆく自分の熱情を、昇は疑っている暇がなかった。蘆《あし》をわけると、葦切《よしきり》がさわがしく飛び翔《かけ》った。奥野川の瀬のひびきが、昇のわけて歩く草や、折れる小枝の音を凌《しの》いだ。

奥野荘の屋根が、楓林の梢《こずえ》にわずかに見えるあたり、川べりの古い橅《ぶな》のかげに、青年は身を隠した。激しい息づかいをこらえるのは苦しかった。蘆はすでに丈《たけ》高く繁《しげ》っていたが、彼は自分のシャツの白さを気に病んだ。

楓林のなかには、下草に木洩《こも》れ陽《び》が動いている。光っているものがある。瀬山の自転車のハンドルである。彼は昇に背を向けて、草に腰を下ろして、汗を拭《ふ》いている。顕子はまだ来ていない。

昇は待った。やがて楓林の奥の、あかるく草が燃えているところから、夏の白い旅行服を着た顕子の、白いサンダルを穿《は》いた素足が見えた。その顔は表情を失って硬《かた》かったが、下草の反映のために美しく見えた。

瀬山は立上った。顕子は人に挨拶するときによくうかべたあの脆《もろ》い不本意な微笑を忘れていた。

顕子は立ったまま、光沢《つや》のない鋭い声で、苦しい言葉につぎつぎと追いかけられるようにこう言った。

「城所さんは何て言ってらして？　主人は、もう城所さんが、私を少しも愛していない、って伝えて来たんです。主人は城所さんが仰言《おっしゃ》ったとおりを伝えるんだ、って言っていましたけれど、私信じません」

顕子のこの「信じません」という語調の、槌《つち》をふり下ろすような力に、昇はぞっとした。木洩れ日は、女の顔の上から、ややくつろげた胸の上にまで、たえず動いた。白い木製の首飾は鮮明に白く、顕子の胸がこの数日の夏の日ざしのために、かすかに灼《や》けていたのがわかった。昇は灼けなかった前の胸が、どんなであったか、思い出そうとして、果さなかった。

瀬山は肉づきのよい背をかがめてうつむいていた。この鈍重な背に、昇は瀬山の善意を読んだ。彼がとにかく昇の見せかけにだまされて、良心に責められて、何らかの弥縫《びほう》の策に出ようとしていることは明らかである。

瀬山はようやく、重ったるい口を切った。緊張して口をきくとき、少くとも誠実に話すときの常で、軽い広島訛《なま》りが言葉にまつわった。

「お目にかかりたいと思ったのは、そのことでして、私は友人ですから、城所君の気持はよくわかっていました。冬ごもりまで一緒にした仲ですから。……彼はあなたを本当に愛しておりますんです」

昇は事の成行におどろいた。彼の薬は利《き》きすぎた。復讐のつもりで昇を救った瀬山は、今度は味方のつもりで昇を窮地に陥《おとしい》れるかもしれなかった。顕子はすばやく問い詰めた。

「城所さんは何て仰言って？　あなたに何て仰言って？」

瀬山は十分重厚に、意気揚々とこう言った。

「冬ごもりのあいだ、あなたのことをさんざん聴かされましてね。失礼ですが、あなたのどこに惚《ほ》れた、と、こう訊《き》きましたら、城所君は言っていましたよ。『あの人は感動しないから、好きなんだ』って」

彼は人間が絶望に襲われる刹那《せつな》をまざまざと見た。こんなすさまじい瞬間に立ち会うのは、一生のうちに何度とないだろう。

顕子の顔は、まわりの楓《かえで》の緑とまぎれるほどに、蒼《あお》ざめた。そのみひらいた目は、大きな固い壁に直面して、突然視界をふさがれて、視線はむなしく前方をまさぐっているように思われた。もし昇が樵の木かげから飛び出してゆけば、顕子は別の衝撃で、こんな絶望から救われたかもしれない。昇も咄嗟《とっさ》にそれを考えたが、彼の足は制せられて動かなかった。

昇は昨夜の菊池が帰りぎわに言った言葉を思い出していたのである。青年は決して残酷になれないと菊池は断定的に言い、昇は今まで女の苦悩に対する自分の想像力の欠乏が、ただ単に残酷さを装《よそお》うていたのだと考えた。そして今の目前の事態は、この青年の硬い心が、菊池の言ったような無類の残酷さに達する一つの試煉《しれん》のように思われた。

何故《なぜ》なら、何も知らずに言った瀬山の一言で、顕子がどんな苦悩に陥ったか、昇の想像力は十全に知っていた。彼には残酷になる資格があった。この瞬間に彼が飛び出してゆけば、彼は人生に負けた男になるだろう。しかしこの怖《おそ》ろしい瞬間に耐えれば、昇はその当初に、石と鉄に似た物質として愛した女の存在を、そのままの存在に保ちつづけるだろう。昇は自分の想像力が知悉《ちしつ》している苦悩によって、こうまで自分の心が引裂かれるのにおどろいたが、彼の関心はすでに愛の問題をとおりこして、もしかしたら顕子自身が耐えきれないだろうその人間的苦悩を、彼が引受けて、彼自身が踏みにじり、寸断して、それで以《もっ》て彼の持ち前の硬い心を本当の石に鍛えようという考えに傾いた。

……昇はもう一度顕子を見た。

瀬山はおどろいて立上った。顕子は顔を両手で覆《おお》って駈《か》け去った。

＊＊

その晩の深夜に、奥野荘からの電話が瀬山を呼んだ。瀬山は部屋の襖《ふすま》をけたたましく叩いて昇を起した。

「奥野荘の菊池さんから電話があって、奥さんが行方不明になったそうです」

電話が瀬山にかかったことで、瀬山が菊池を知っていることは、分明になったわけである。昇はいそいで身仕度《みじたく》をした。瀬山と二人で、自転車に乗り、奥野荘へ駈けつけた。

深夜の奥野荘はあかあかと灯《とも》していた。宿の人たちは立ちさわぎ、提灯《ちょうちん》をかざして、二人を迎えた。

菊池は丹前を着て、床の上にあぐらをかいていた。昇が入ってゆくと、黙って一枚の便箋《びんせん》を見せた。昇様、と書いてある。

「あなたはダムでした。感情の水を堰《せ》き、氾濫《はんらん》させてしまうのです。生きているのが怖ろしくなりました。さようなら。顕子」

遺書ですね、と瀬山が念を押したので、菊池はつまらなそうな口調であらましを話した。夜中にふと目をさますと、かたわらの顕子の寝床は空《から》で、遺書が残されていたというのである。

昇は、ようやく身仕度をした菊池や瀬山と一緒に、宿の男衆の提灯を先立てて、心あたりの場所を見に出かけた。きょうの昼間の楓林のあたりには何もなかった。一同は、昇だけが知っている例の小滝の前の橅の木のところへ来た。瀬山の懐中電燈《でんとう》が、橅の木の根に脱ぎすてられている白いサンダルを照らした。

川のおもては暗く、瀬にたぎる波と、向う岸の小滝だけがしらじらと見えた。一同はひとまず宿にかえって、瀬山の提案で、建設事務所へ連絡し、有志の人たちの捜索隊を募った。

小雨がふりだした。夜のひきあけに、ダムサイトの下流の岩に引っかかっている顕子の屍《しかばね》が発見された。運ばれてくる顕子の亡骸《なきがら》を見て、瀬山がまず大声で泣き、昇はその泣き声に制せられて息を呑んだ。昇はやがて思ったが、瀬山は当然の理由から、この悲劇の火つけ役が自分だと考えて泣いたのである。

菊池は屍体《したい》が上ると、一瞥《いちべつ》したのち、すぐ電話にかかって、数時間電話のかたわらを離れなかった。彼一人が少しも涙を流さないので、昇は妻に対する彼の憎悪《ぞうお》の深さを知った。菊池がまず長距離で呼びだしたのは、会社の老秘書である。

「家内がなくなってね。川へまちがって落ちたのだよ。決して自殺ではないし、帰ってから指図《さしず》するが、表向きは心臓麻痺《まひ》でいい。各新聞社の社会部へ、よく事前に手配をしておきたまえ。帰ってすぐ、私も挨拶《あいさつ》に廻るから」

技師長の電話で、刑事と監察医が、ランドローヴァーを駆って検視に来たのが午前十時である。このころには小雨はやみ、薄日がさすかと思えば翳《かげ》った。

瀬山は訊問《じんもん》のときは、大そうつつましく答え、昇と部屋に二人きりになると、女を殺したのは自分だ、と言い出して、昇にすがりついて泣いた。

昇は涙の流れるのを意識しなかった。いつか瀬山の家へ行くときに、祖父の生涯をあれこれと臆測《おくそく》し、祖父をいつも嘲《あざけ》っていた存在を想像したことを思い出した。彼は顕子の死が、あの道化た遺書と共に、生涯彼を嘲りつづけるだろうと予感した。

夏のことで、腐敗の惧《おそ》れがあったので、遺骸《いがい》は早くK町へ運ばれる必要があった。この午《ひる》すぎに、菊池のとめておいたハイヤアに遺骸をのせ、菊池が助手台に乗った。この車を先立てて、警察と瀬山や昇との二台のランドローヴァーが、喜多川ぞいに走って、石抱橋を渡ったとき、思いがけない障碍《しょうがい》に行き当った。

そこの部落の人たちが、手に手に鋤鍬《すきくわ》を持って、車の前に立ちふさがったのである。刑事がなだめに出たが、村民たちは退くけしきがなかった。死骸《しがい》を山から運び出すと、山の神霊が荒れるので、昔ながらのしきたりに従って、山中で焼いて、骨は骨投沢《こつなげざわ》に埋めなければならない、というのである。

しかし刑事が手こずった問題を、菊池はかるがると片附けた。妻はまだ重態の身で、決して死んではいない、と言いながら、村会に寄附金をさし出した。三台の車は、こうして、まだ不平を呟《つぶや》いている部落民のあいだを通り抜けて、枝折峠へむかう上《のぼ》りにかかった。

枝折峠から一キロほど下りた道の曲り角で、一行は旗を立ててくる二台の県庁の車に出会った。

瀬山はおどろいてそのほうを見た。おのおのの車は、山腹の危険なカアヴの個所からあとずさりしながら、辛うじて除《よ》け合った。

白い口髭《くちひげ》の知事は、窓から首を出して、遺骸を横たえているために客席には誰も乗っていないようにみえるハイヤアをしげしげと見た。

第　八　章

奥野川ダムは着工五年後に完成した。予定より二年おくれたわけである。完成したのは二月だったが、この年に昇は三十三歳になった。

会社のダム建設計画はなおつづいていた。新らしいダムが準備されており、彼はその技師長に擬せられた。そこでかねて約束のアメリカ行きを手軽にすませて、又別の新らしいダムの建設に携わりたいという気持が昇に生れた。

夏であった。彼は九月にアメリカへ発《た》ち、来春かえって匆々《そうそう》、新らしいダムの下準備にかかるだろう。今度のダムは、工事にほぼ四年を要する予定であるが、一、二年はおくれるとみて、それが完成するとき、昇はやがて四十歳に近づくだろう。死ぬまでに、俺《おれ》はいくつダムを作れるだろう、と昇は思った。

奥野川ダムの成功が、彼の技術者としての名声を高めた。それにひきかえ彼に少しも政治的野心の芽生《めば》えの見られぬことが、重役たちを幸福にした。彼らは城所九造が、自分に似た怪物の代りに、有効で、大人しく、才能に秀《ひい》で、しかも無害な孫を、残してくれたことをうれしく思った。

昇ぐらい何らの有毒な観念に蝕《むしば》まれたことのないように見える男はなかった。彼は「毛並が良」かったし、彼の財産は、信託銀行の金庫のなかで空《むな》しく殖《ふ》えた。明るく、しかも寡黙《かもく》で、誰からも好かれ、信頼され、もしそういうテストを試みたら、彼の社会的適応は、満点だとみとめられたにちがいない。

城所昇は確乎《かっこ》たる、社会的に有用な人物になった。どんな分野にも、陰惨なほど真《しん》摯《し》な権威者というものが居《お》り、金魚のことなら世界的権威であったり、楔形《せっけい》文字についてはその人にきかなければならないと云《い》うような人がいる。普遍的であるべき科学的技術の世界にもそういう人がいて、神秘な力で、ほかの人たちの上に、卓越しているのを見るのはふしぎなことである。

こんな種類の人間を押し進めてゆく情熱には、何か最初に、最低の線でしか社会とつながるまいとする決意があって、結果的には心ならずも、最高の線で社会とつながってしまうようになるものだ。昇の途方もない明るさと朗らかさには、拒絶の身振に似たものがあった。

ダムの五年間、昇はみんなから、お前は三度の飯よりダムが好きだね、とたびたびからかわれた。彼とダムとの間には血縁関係があるかのようで、こんなに肉体的にダムとつながっているような人間を、誰も見たことがなかったのである。

出来上ってみると、岩壁の屏風《びょうぶ》を左右に控えたこの百五十米《メートル》の高堰堤《こうえんてい》は、工事に携わらない人の心にも、当然の威圧感と一緒に、一種の解放感を与えずには措《お》かなかった。時として精神の解放には、巨人的なもの、威圧的なもの、精神をほとんど押しつぶすようなものが必要である。

昇はリュショールへ手紙を書いた。

マダムの加奈子は、かねてダムが完成したら見物に行きたいと言っていたので、昇は秋には日本を離れることを告げて、自分がダムにいるあいだに、見学に来い、と言ってやった。その返事には、次の土曜の晩店を休み、土曜に発って日曜の朝から見物したいが、人数は五六人になるかもしれず、宿の手配や、車の用意をたのみたい、と書いてある。

土曜の夕刻、K駅へ迎えに出た昇は、二等車の降《お》り口から、派手な一行が騒がしく降りて来るのに、今更ながらおどろいた。それは全く物見遊山《ものみゆさん》の一行で、ダムがいずれ観光地になったあとは格別、今までこんな種類のお客を迎えたことがなかったのである。

ゴルフもやればスキーもやるのに、いつまでたっても洋服の似合わない加奈子は、空色のリネンの半袖《はんそで》のスーツを着ていた。小柄で、小肥《こぶと》りして、御所人形のような顔立ちなので、和服を着ているときよりも、もっと端的に、芸妓《げいぎ》上りだとわかってしまう。そしてお辞儀の仕方や、ちょっとした手つきが、まるで日本風なのである。

昇に会うといきなり、

「私って、洋服が似合わないでしょう」

と言った。昇が似合うとも似合わぬとも答えぬさきに、こまごまとした時候の挨拶《あいさつ》やら、わざわざ駅頭へ出迎えに来てくれたお礼を言った。

昇は何か公用で上京するときには、必ずリュショールへ立寄っていたので、この加奈子や、ダムができるよりもはるかに永く、八年ごしリュショールにいて、すでに三十をこえた由良子とは、そんなに久闊《きゆうかつ》を舒《じよ》する必要がなかった。奥野川上流に百五十米のダムができるあいだ、この連中は飽きもせずに毎晩呑《の》んだくれて、男たちからお金を捲《ま》き上げていたわけである。

由良子の乳房は一向に凋《しぼ》むけはいがなかった。その締りのない大きな乳房は、胸もとを誇張した服のために、彼女が汽車を下りて来るなり、ホームに立っている昇のすぐ目の前に揺れた。

「何よその目つき。どうせ私が汽車を下りるより先に、おっぱいがもう下りてるわよ」と由良子はいつものあけすけな調子で言った。「それにしても涼しいわね。東京を出るときの私の汗をあなたに見せたかったわ」

由良子は別に悪気はなく、何かというと肉体的なことばかり言う癖があるのである。

由良子のあとから、見すぼらしいスーツケースを提《さ》げて下りてくる女が、昇にはちょっとわからなかった。

大きな潤《うる》んだ目と、昇を見て、まあ、と云ったきり物を言わなくなったときの頬《ほお》のすぼめ方で、房江だとわかった。昇が奥野川へ来るのと同じころに店を罷《や》めた房江は、六年ぶりに会う顔である。

大そう痩《や》せている房江は、夏だというのに、胸もとや腕を隠した窮屈な服を着ていた。こんなに早く老《ふ》けた女はなかった。由良子より三つ四つ年下なのに、今では莫迦《ばか》派手の由良子よりもむしろ年嵩《としかさ》に見えるのである。

彼女はつづいて下りてきた同じように痩せた貧相な男を、昇に、

「家の人ですの。どうしても一緒について来たいというものだから」

と紹介した。男は名刺を出した。銀行に勤めているのである。

男は三十前後で風采《ふうさい》も上らず、着ているのも平凡な開襟《かいきん》シャツである。銀行の窓口の事務員がよく腕にはめている黒繻子《くろじゅす》の筒袖が、この顔にはいかにも似合いそうに思われる。どうして、かりにも酒場にいた女が、こんな男と一緒になったのかわからない。

昇が名刺を出す。男は読んで、愛想よくこう言った。

「御祖父《おじい》様には、うちの銀行の前《ぜん》頭取が、若い時分、大へんお世話になったことがあるそうで……」

昇は、どういたしまして、と言おうとしたが、やめておいた。

かねてリュショールで出世頭《しゅっせがしら》の噂《うわさ》が高い景子は、黒レエスずくめの服を着て、沢山の赤い羽根毛をこねて固めたような小さい帽子をかぶって、最後にタラップを下りて来た。少女歌劇で芽が出ないでリュショールにつとめていた景子は、好《よ》いパトロンがついた今では、銀座に瀟洒《しょうしゃ》な洋裁店をもち、今年中にパリへ箔《はく》をつけに行くことになっているのである。

昇はわざと気取った手つきで、景子の手をうけとってタラップを下ろしてやったので、溜飲《りゅういん》を下げた女たちは無遠慮に笑った。

「昔は君は空想家だったが……」

と昇は景子に言った。

「今はそう見えないでしょ。空想家でなくなった代りに、たっぷり小皺《こじわ》がふえたわ」

「編物の目をまちがえてばかりいた君が、デザイナアとはね」

「今でも寸法をまちがえるのはしょっちゅうだわ。そんなときは、お客のスタイルのためを思って、わざと注文に逆らった、という顔をしてみせるのよ。洋裁店と美容院のお客は、頭ごなしに限るのよ」


K町の宿でのその晩の酒宴はたのしかった。

酔うほどに、房江と良人《おっと》は文学論をはじめ、良人が勤務の余暇に書いている小説の出来栄《できば》えについて、房江が堂々と論難したので、可哀想《かわいそう》な銀行員は泣き出した。この二人は、取引先の招待で二三度良人がリュショールへ来てから懇意になり、良人と房江はときどき抒情的《じょじょう》なことや深刻なことを、ぽつりぽつりと話し合った末、夫婦になった。どちらも相手の、それぞれの社会における稀少《きしょう》価値をみとめあい、鋭敏な感受性や、汚れない心や、文学的才能や、静寂を愛する趣味などにおける犠牲者としてのお互い自身を発見したのである。この夫婦は大そう仲が良く、良人が泣いたのは泣き上戸だからにすぎず、房江が流産ばかりしていて子供をもたない不幸を除いては、まことに幸福につましく暮していた。良人は或《あ》る小説の大家に傾倒していて、昇にしきりに同意を求めたが、昇の目から見ても、この男は作家たるには、芸術に対して切手蒐集《しゅうしゅう》家《か》のような幸福な夢を見すぎていた。

景子は一種の酒乱であったが、昇をつかまえて、どうしてもアメリカへ行ったかえりに、パリへ寄れ、と言ってきかなかった。そのころには景子はパリにいて、昇の案内役を引受けるというのである。パリにはダムがないからなあ、と昇は渋った。「あら、今に出来てよ」と景子は言った。「エッフェル塔の下あたりに、何かこう洒落《しゃれ》たデザインの、小さなダムを作ればいいのよ」

「夜分はさすがに冷えますね」と加奈子が言った。由良子はたえず鼻唄《はなうた》を歌っていた。彼女の困難は、話題と云っては、自分の体に関することしかないのに、それがどう引き伸ばしても、大てい五分ぐらいで済んでしまうことであった。

あくる朝の出発前、夏のまばゆい旭《あさひ》を浴びて、宿の玄関先に立っている昇を、おくれて出て来た加奈子は、一目見て、あら、と言った。

「どうしたんでしょう。今、一瞬間、お祖父様そっくりに見えましてよ。会社の中庭にあった、それ、戦争中金属供出で献納してしまったお祖父様の銅像、あの銅像のお顔とそっくりに見えましてよ。やっぱり争われないものだわね」

昇はこの印象を尤《もっと》もだと思った。祖父はいわば自己放棄の達人だった。昇もすでに、自己放棄を学んだ。祖父は決して孤独に陥らなかった。昇も今は自分を孤独だと感じる習慣を失ったのである。

一行は二台の自動車に分乗して、蟬時雨《せみしぐれ》に包まれた山道へ入り、例のコースを辿《たど》ってダムへ向った。しかしこの五年間に道路は大いに改善され、道幅はひろくなり、カーヴの数はいちじるしく減り、険阻なところは隧道《すいどう》に切り換えられた。眺《なが》めの美しい枝折峠は、地上へ出るようになっていたので、一同はここで車を停め、昇の説明に従って、東南と北西のそれぞれの谷やたたなわる山の姿へ、駒《こま》ヶ岳の崇高な山容へ、目を向けた。

下りになって、眼下に骨投沢《こつなげざわ》の見えてくるころ、そこに多くの傾城《けいせい》の骨が投げ捨てられたという昇の話は、一行の感動を呼んだ。

由良子は人の二倍も胸のうごく溜息《ためいき》をついて、こう言った。

「そのころ、あたしたちもここにいて死んだら、あそこへお骨《こつ》を捨てられたのね、ママ」

加奈子はいやな顔をした。

「あなた方と傾城とはちがいますよ。あなたって本当にものを知らないのね」

石抱橋をわたらずに山ぞいの新道を少しゆくと、喜多川はダムの人造湖に流れ入っていた。石抱橋のあたりは標高七七六米であるが、七二〇米から下が湛水《たんすい》区域に入るのである。

新らしい自動車道路は、喜多川の北岸の、もとは絶壁であった山腹を切り拓《ひら》いて作られていた。

ダムの湛水区域のこの最初の眺めが、一行を大いに興がらせた。石抱橋をわたってゆく道は、屈曲のはげしい岸をめぐって、三里四方の湖の対岸をゆくのであるが、橋のたもとに残っている旧道の端は、草や、石ころや、ついきのう通ったようなトラックの深い轍《わだち》をさえ残して、やがてそのまま湖の中へ消えていた。

又あるところでは水辺の荒れた畑が、畝《うね》のつらなりの半ばを水に浸し、梅の半ば枯れかけた葉の乏しい枝の一つを、水の上へさしのべていた。

やがて銀山平がその下に没した人造湖の広大な風光がひろがった。かなたには福島県の山々が影を落していたが、山の姿は、そのどの高さを水面で切っても、おのずから形を成して、前からここが湖だったかのように自然であった。岸の形が、昔を知らない人の目には、少しも異様に思われなかった。

女たちは自動車の窓から首を出して、水のなかに沈んだ土地のたたずまいが、そのままに見られはしないかと期待したが、湖の水は青く濁って、水底を透かさなかった。しかしいかにも人造湖らしい光景は、岸から遠い思いがけないあたりに、鉾杉《ほこすぎ》の深い緑の梢《こずえ》が、穂先を並べていたり、岸ちかく、半ば枯れた枝々が群がり立っていたり、島というにはいかにも浅い島が、水面すれすれに漂って、そこに生《お》いしげっている蘆《あし》に風がそよぎ、湖面に鶯《うぐいす》いろの反映を与えている夏の烈《はげ》しい日ざしの一部を、それらの蘆がうけてちかちかと光ったりする、そういう格別な眺めであった。

突然、一行は、前方の空を区切ってあらわれるダムの白い一線をみとめた。五門の水門の巻揚機のつらなりが、湖の上に、奇怪な角《つの》のように現われたのである。

案外低いのね、と一人が言うと、みんなが同感したので、昇は、これは裏側で、高いコンクリート壁は表側へまわって見るのだ、と説明しなければならなかった。

二台の車はダムの下流へ来て、ダムを一望のもとに収められるところで停った。百五十米の高大な重力式ダムの、コンクリートの壁を見下ろした一同は、嘆声をあげた。

渇水期なので水門は閉ざされてあり、轟音《ごうおん》を立てて奔流がその壁を流れ落ちる壮大な光景は見られなかったが、夏の日を浴びたこの白いコンクリートの巨大な斜面は、両岸の黒ずんだ岩壁に護《まも》られて、まことに壮麗に雄々しく見えた。

それは何の知識も持たない一行にも、深い感動を与えたが、この感動はダムの巨大さからでもあり、また、ダムの単純さからでもあった。単純な美しさ、厖大《ぼうだい》な水量を一つの大きなコンクリートの肩で堰《せ》き止め支《ささ》えている力の美しさが、みんなの心を搏《う》った。

ダムの眺めに言葉を奪われた一行は、下流の発電所へ案内されると、ますます大人しく、ひそひそ話《ばなし》しかしなくなった。そこにいた二三の若い技師たちの手前、彼女たちは高雅に見せたいと思ったのである。

配電盤室は、青と黄のリノリュームの床《ゆか》、白いカーテンを下ろしたひろい窓などの明るいモダンな部屋で、自動発電所の最新の機構によって、取水門の扉の開閉、発電水車に水を導入する導翼《ガイド・ベン》の開閉、水車の起動、電気の並列、遮断《しゃだん》などが、みんなオートマティックに行われるのである。灰色の制御盤の上にえがかれた金や赤の模擬母線を見ながら、景子は昇の耳のそばでこう言った。

「便利ねえ。こんなふうに男があやつれたら、さぞいいでしょう」

房江の良人は、技師にあれこれとたずねながら、他日の小説の材料にするために、しきりにメモをとった。

加奈子は、機械となると、話をきいただけで頭が痛んだ。カーテンをかかげて、窓から外をのぞいた。発電水車を廻した水は、水底の放水口から溢《あふ》れ出て、下流へ注ぐ眼下の掘割の水面を押しゆるがして渦巻いていた。

一行は発電所の応接間で弁当をたべ、ダムの上に昇ってみたり、そこらを散歩したりして、のんびりした時間をすごした。

かえりは、人造湖をむこうがわから一ト廻りすることになった。また一行をK町まで送って行く昇は、先頭の車に乗り込んだ。

以前高い山道だったところなどは、湖の水面すれすれに道が沈んでいて、その土の色が茶色の帯のように水を彩《いろど》っているところもあった。往《い》きに来た道の岸の数カ所に、赤い標識がこちらからはっきり見えたが、それは満水水位の標識だと昇が説明した。気楽になった女たちはまた車の中で陽気に話し、ともすると景色を眺めるのを忘れたが、房江夫婦は自然の静けさにひたって、夏の午後の日がのどかに澱《よど》んでいる湖に眺め入った。ダムは少しずつ退《しりぞ》いた。

「よかったわ。久しぶりにいい気持だわ」

「よかった。本当に久しぶりだ」

と夫婦は言い合った。

昇が運転手に命じて、車を停《と》めた。うしろの車も停《とま》ったが、故障かと思った出良子は、窓から首を出して昇の名を呼んだ。

そこで昇が小憩をとり、一服しようと提案したのである。みんなは車を下りたが、そこが格別いい景色だとも思われなかった。岸はかなり入りこんでいて、ダムは白い一角を残して隠れていた。

対岸には、ピラミッド型の岩山が重なっており、山々の空には、翔《かけ》りあがるような姿の雲があった。その雲の投影は、湖の底のほうでまばゆく光った。

「前は丁度この下を奥野川が流れていたんだよ」

と昇が言った。

女たちは湖をのぞき込んだが何も見えず、足もとの小砂利がそのために水に落ちて、青く濁った水面を攪《かきみだ》した。

「丁度俺の立ってるこの下のところに小さな滝があったんだ」

と昇は言った。

加奈子は煙草《たばこ》を喫《の》んでいた。

「あなたもそろそろお嫁さんをお迎えにならなくちゃいけませんね」

と、まことに苦労のない声で、この苦労人の女は言った。

解説

村松剛

道徳を信じない道徳家。愛を拒否する愛の詩人。詠歎《えいたん》的であることを恐怖する、しかしロマンティックな歎美家《たんびか》。——『沈める滝』の背後にある作者の姿を、一口にいえば、そういうことになるのではないか、とぼくは思っている。

既成のものを信じないという立場に立って、その荒廃の上に、あらためて夢なり美なりを、人工的につくり出そうとするところに成りたってきたのが、一般に三島由紀夫の文学の世界なのである。彼の最初の長編『仮面の告白』は、告白を仮面としてしか信じない作者が、一つの仮面として、人工的にえがいてみせた告白の小説だった。戯曲『薔薇《ばら》と海賊』は、夢を信じない女が、夢の荒廃のあとに、もう一つの夢を意識的に織りあげようとする物語であり、『獣《けもの》の戯《たわむ》れ』では、三角関係のありふれた筋書を馬鹿《ばか》にしている男女が、これも意識的に、三角関係のありふれた筋書を、なぞってみせる。

夢が、告白が、ありきたりの男女の物語が、もし信じられないのだとしたら、その信じられないという地点に立って、ひとはなお、夢や告白や物語の花々を、咲かせることができないものなのか。人工の花々を。——三島由紀夫の文学は、その設問から出発するのであって、例はそのほか、あげてゆけば彼の全作品に及ぶことになるだろう。この『沈める滝』も例外ではない。むしろ彼はここでは、図式的になる危険をおかしてまで、年来のその問題を追究している。彼のこの一種ストイックな姿勢が、おそらくはもっとも鮮《あざ》やかにうかび出ている作品の一つなのである。

主人公の城所《きどころ》昇は、愛を信じない青年としてえがかれる。彼は子供のころ、鉄や石ばかりを相手にしてすごし、したがって成人してからも、無機的なもの、人間の血の通わない対象にしか、関心を示さない。彼は多勢の女たちと寝るが、それは個々の女への愛情のためではなく、また愛とか漁色とかいうような観念、——漁色もまた、それが一つの信条と化している場合には、所有とか征服とかいう観念に、支配されることになるだろう、——のためでもなく、もっぱら女たちへの「即物的関心」によるものにほかならない。彼が最後の女、顕子《あきこ》に惹《ひ》かれるのは、この人妻が石のように不感症だったからなのだ。

愛の永遠というような観念は、たとえば「きらめく星空とともにある道徳律」などという思想と同じように、この現代には住みにくい。性愛の技巧に関する手びきが、夫婦和合のみちとして、そのむかしの愛の形而上学《けいじじょう》にかわって、世間に氾濫《はんらん》している時代なのである。性についても生活全般についても、万事を合理的に処理しようとする青年たちが、いまはぞくぞくとあらわれている。そしてこの貴公子、城所青年の場合は、そういう青年たちのような俗臭も、つまり世俗的情熱も、もちあわせてはいないので、作者ははじめの方でことわっている。

「昇を要領のいい、今様の合理主義青年と一緒にしてはならない」

愛は虚妄《きよもう》であり、ついでに人生も告白も虚妄だと、この何不自由なく育った青年技師は考えている。しかし彼はそのことを、ことごとしく言いたてるわけでもない。もし愛が虚妄なら、そのあたりまえなことを言いたてることは、ウラミごとであり、感傷であり、恥ずべき詠歎にすぎないではないか。

主人公はすべてを石や鉄のようにみなし、自分自身、そこらの石ころのように、任意の一点として生きることをねがう。彼はやがて、石のような不感症の女、顕子と出会い、そのときにはじめて、自分と酷似する存在を発見した。つまり石と石とが、めぐりあったのである。互いに感動することを知らない二人は、全力をつくして相手の心をまどわし、恋愛という一つの造花をつくることを計画する。「誰をも愛することのできない二人がこうして会ったのだから、嘘《うそ》からまことを、虚妄から真実を作り出し、愛を合成することができるのではないか」

石と石とが花を合成する。そして問題は、いうまでもなく、こうしてつくられた造花のバラが、真実の、生きた樹液をたたえるにいたるか否かだろう。贋金《にせがね》は真の黄金に、仮面は素顔に、なりおおせるか。それを主題として、また物語のテコとして、この小説は展開してゆくのである。

『沈める滝』は、昭和二十九年の十二月から三十年の三月まで、（つまり一月号から四月号まで）『中央公論』に四回にわたって連載された。当時の時評や書評で見ると、「全体のスタイルが非常にのびのびとして、（中略）自然描写が非常に簡潔で、よくできていて、全体としてりっぱな長篇小説になっている」（大岡昇平）「布置結構の整った、三島の力いっぱいの仕事ぶりをうかがうに足る作である。感興が隅々《すみずみ》まで行きわたっていて、読んでこころよい」（臼井《うすい》吉見）

等々、この小説を三島由紀夫の重要な作品として位置づけようとしている点では、多くの批評家が一致しているようだった。しかしその一面で、人間のえがき方が図式的である（石上玄一郎《いそのかみげんいちろう》）、顕子のイメージが鮮やかにうかんでこない（服部達《はっとりとおる》）、前半にくらべて後半が弱い（寺田透《とおる》）、という批判も出ている。臼井吉見は前記のことばにつづけて「……それだけにまた、この作者の弱点も、はっきり出ているように思う」と言い、こういう主題をえらんだ必然性が感じられない、とまで書いていた。「この作家にとってどれだけの内的な要求につながっているか、思いつきの範囲をどれほど出ているか、という疑問をふき払うだけの強力な表現が見られないのである」

　批判もいろいろつよかったわけだが、ぼく自身は、この小説を読んだ当時、主題には共感できたし、何よりもこの主人公の感覚に、非常に斬新《ざんしん》なものを感じた、という記憶がある。昭和二十九年から三十年といえば、朝鮮戦争も前年におわりを告げ（二十八年七月）、旧安保条約が発効し、（二十九年五月）、政権は鳩山《はとやま》内閣にかわり（二十九年十二月）、国外ではソ連のブルガーニンと、イギリスのイーデンが、それぞれマレンコフ、チャーチルから政権をひきつぎ、戦後もようやく第二の局面に、うつりはじめたころなのである。まだドライという流行語はなく、石原慎太郎の『太陽の季節』の出現は、『沈める滝』の完結から、さらに三カ月のちだったが、次第に安定を得た社会は、工業時代、オートメイションの時代にふさわしい新しいタイプの描出を、要求するようになっていた。

『沈める滝』は、まさにその時期にあらわれたので、昇青年は、その後小説の中に数多く書かれることになるドライ青年たちの、先駆的存在、ということができるだろう。もっとも彼が、秋の山々、初春の緑をまえにして味わう感動や、滝を女に比較するあたりは、平生のドライさと、前後整合しないような気持がしないでもない。三島由紀夫の中にある意外に古風なロマンティスムについては、彼がむかし、日本浪曼《ローマン》派に傾倒していたことなどと関連して、ときおり論じられることであり、ぼく自身もほかにいくどか書いたが、こういう描写の部分も、そのロマンティスムの噴出と、とるべきなのであろうか。ロマンティスムといえば、『沈める滝』というドビュッシイの『沈める寺院』を思わせる題のえらび方にも、それはあらわれているのかも知れない。

形態からいえば、この小説は、作者自身ある座談会で言っていたように、一種の貴種流離譚《りゅうりたん》なのである。

王家の血筋の英雄が、自分の意志に反して遠い土地を流浪《るろう》し、さまざまな冒険をかさねる、といういわゆる貴種流離譚の構成は、ギリシャの『オデュッセイア』いらい、――日本でいえば『源氏物語』あるいは『伊勢《いせ》物語』いらい、叙事的な文学の大きな骨骼《こっかく》をなしてきた。『ドン・キホーテ』『ロビンソン・クルーソオ』『赤と黒』『好色一代男』等々の遍歴、冒険譚が、この伝統の上に存在することについては、改めていうまでもないだろう。

『沈める滝』の主人公も、光源氏《ひかるげんじ》と同じように、天成の美貌《びぼう》と財力にめぐまれている。彼の父は、王さまではないが、作者の皮肉な言いかたを借りれば「民衆の敵」なのである。（なおこの小説が書かれた当時は、いまのように「実力者」がむしろ過当に評価されている時代ではなく、民衆の敵、ないしは人民の敵ということばが、つよく生きていたことを想起する必要があると思う）

彼もまた冬の山のダム工事現場に、「流離」の運命におかれる。その点で彼は完全にオデュッセウスや光源氏の、古典的ヒーローの形式をふんでいるわけだが、しかしただ一つ、ちがうことは、彼が光源氏のようには、いや、ドン・ファンほどにも、女を愛さないことだろう。流離は人工的恋愛を完成するための、みずから望んでの流離なのだ。古典的ヒーローの多くが、愛を前提として、その愛のために苦しみ、物語はそれによって展開するのにたいして、彼は愛さないことを前提に、信じてもいない愛を「合成」することによって物語をみずからつくる。

こういう理想的に美貌の、理想的に金持ちの、万事につけて理想的な人物はたぶんどこをさがしても存在しないし、顕子という相手役も、じっさいにはありそうにない。

もともとありそうにないヒーローを書くのだから、ありそうなことばかりを微細に書くいわゆるリアリズム技法は、ここでは不向きであり、作者は文章を短い段落に切って、寸描をかさねあわせて、全体の印象をうかび上がらせる、という方法をとっている。バアの女たちや、ほかの会社員に比して、中心にいる二人の映像が、とくに後半にいたってうすい、ということはあるが、また非情そのものの表現であるダムの描写も、欲をいえばもう少し迫力がほしかった、ということはあるが、しかしともかくも、こういうありそうにない型をえがいてここまでの現実感を出した作者のその膂力《ひりよく》は、やはり買ってよいだろう。ダムはやがて完成し、滝は、人工恋愛への夢は、その巨大で非情なコンクリートの下に、埋めつくされてゆく。

作者がくりひろげて見せたのは、要するに一つの伝説の世界なのである。小説の原型、ふるさととしての世界と、言いかえてもよいかも知れない。彼はそれを現代にもってくるのにあたって、古い伝説の物語がおわったところから、新しい恋物語を書く。フランスの批評家チボオデは、『ドン・キホーテ』や『マダム・ボヴァリイ』の例をひきながら、すぐれた小説は、過去の物語にたいする批判の形で生れてきた、と言った。ぼくは三島由紀夫の仕事をかえりみるたびに、その有名なことばを思い出すのである。

彼はたしかに、古い夢の、神々の、死の自覚の上に立って、つねに仕事をしてきた作家であるといえるだろう。彼は神々を、錬金術師のように、合成することを夢みる。そこに彼の批評精神があり、光栄があり、そしてまた苦しみがあるはずなのだ。

(昭和三十八年十二月、評論家)

表記について

新潮文庫の文字表記については、原文を尊重するという見地に立ち、次のように方針を定めました。

一、旧仮名づかいで書かれた口語文の作品は、新仮名づかいに改める。
二、文語文の作品は旧仮名づかいのままとする。
三、旧字体で書かれているものは、原則として新字体に改める。
四、難読と思われる語には振仮名をつける。
五、漢字表記の代名詞・副詞・接続詞等のうち、特定の語については仮名に改める。

本書で仮名に改めた語は次のようなものです。

且つ→かつ　…限り→…ぎり　亦→また
亙って→わたって

三島由紀夫著
仮面の告白
女を愛することのできない青年が、幼年時代からの自己の宿命を凝視しつつ述べる告白体小説。三島文学の出発点をなす代表的名作。

三島由紀夫著
花ざかりの森・憂国
十六歳の時の処女作「花ざかりの森」以来、巧みな手法と完成されたスタイルを駆使して、確固たる世界を築いてきた著者の自選短編集。

三島由紀夫著
愛の渇き
郊外の隔絶された屋敷に舅と同居する未亡人悦子。夜ごと舅の愛撫を受けながらも、園丁の若い男に惹かれる彼女が求める幸福とは？

三島由紀夫著
盗賊
死ぬべき理由もないのに、自分たちの結婚式当夜に心中した一組の男女——精緻微妙な心理のアラベスクが描き出された最初の長編。

三島由紀夫著
禁色
女を愛することの出来ない同性愛者の美青年を操ることによって、かつて自分を拒んだ女達に復讐を試みる老作家の悲惨な最期。

三島由紀夫著
鏡子の家
名門の令嬢である鏡子の家に集まってくる四人の青年たちが描く生の軌跡を、朝鮮戦争直後の頽廃した時代相のなかに浮彫りにする。

三島由紀夫著

潮（しおさい）騒

新潮社文学賞受賞

明るい太陽と磯の香りに満ちた小島を舞台に海神の恩寵あつい若くたくましい漁夫と、美しい乙女が奏でる清純で官能的な恋の牧歌。

三島由紀夫著

金閣寺

読売文学賞受賞

どもりの悩み、身も心も奪われた金閣の美しさ――昭和25年の金閣寺焼失に材をとり、放火犯である若い学僧の破滅に至る過程を抉る。

三島由紀夫著

美徳のよろめき

優雅なヒロイン倉越夫人にとって、姦通とは異邦の珍しい宝石のようなものだったが……。魂は無垢で、聖女のごとき人妻の背徳の世界。

三島由紀夫著

永すぎた春

家柄の違いを乗り越えてようやく婚約にこぎつけた若い男女。一年以上に及ぶ永すぎた婚約期間中に起る二人の危機を洒脱な筆で描く。

三島由紀夫著

獣の戯れ

放心の微笑をたたえて妻と青年の情事を見つめる夫。死によって愛の共同体を作り上げるためにその夫を殺す青年――愛と死の相姦劇。

三島由紀夫著

美しい星

自分たちは他の天体から飛来した宇宙人であるという意識に目覚めた一家を中心に、核時代の人類滅亡の不安をみごとに捉えた異色作。

三島由紀夫著

近代能楽集

早くから謡曲に親しんできた著者が、古典文学の永遠の主題を、能楽の自由な空間と時間の中に〝近代能〟として作品化した名編8品。

三島由紀夫著

午後の曳《えい》航《こう》

船乗り竜二の逞しい肉体と精神は登の憧れだった。だが母との愛が竜二を平凡な男に変えた。早熟な少年の眼で日常生活の醜悪を描く。

三島由紀夫著

宴《うたげ》のあと

政治と恋愛の葛藤を描いてプライバシー裁判でかずかずの論議を呼びながら、その芸術的価値を海外でのみ正しく評価されていた長編。

三島由紀夫著

音楽

愛する男との性交渉にオルガスムス＝音楽をきくことのできぬ美貌の女性の過去を探る精神分析医——人間心理の奥底を突く長編小説。

三島由紀夫著

真夏の死

伊豆の海岸で、一瞬に義妹と二児を失った母親の内に萌した感情をめぐって、宿命の苛酷さを描き出した表題作など自選による11編。

三島由紀夫著

青の時代

名家に生れ、合理主義に徹し、東大教授への野心を秘めて成長した青年の悲劇的な運命！光クラブ社長をモデルにえがく社会派長編。

新潮文庫の新刊

乃南アサ著
家裁調査官・庵原かのん
家裁調査官の庵原かのんは、罪を犯した子どもたちの声を聴くうちに、事件の裏に潜む問題に気が付き……。待望の新シリーズ開幕！

燃え殻著
それでも日々はつづくから
きらきら映える日々からは遠い「まーまー」な日常こそが愛おしい。「週刊新潮」の人気連載をまとめた、共感度抜群のエッセイ集。

松家仁之著
火山のふもとで
読売文学賞受賞
若い建築家だったぼくが、「夏の家」で先生たちと過ごしたかけがえない時間とひそやかな恋。胸の奥底を震わせる圧巻のデビュー作。

岡田利規著
ブロッコリー・レボリューション
三島由紀夫賞受賞
ひと、もの、場所を超越して「ぼく」が語る「きみ」のバンコク逃避行。この複雑な世界をシンプルに生きる人々を描いた短編集。

藍銅ツバメ著
鯉姫婚姻譚
日本ファンタジーノベル大賞受賞
引越し先の屋敷の池には、人魚が棲んでいた。なぜか懐かれ、結婚を申し込まれてしまい……。異類婚姻譚史上、最高の恋が始まる！

沢木耕太郎著
いのちの記憶
―銀河を渡るII―
少年時代の衝動、海外へ足を向かわせた熱の正体、幾度もの出会いと別れ、少年時代から今日までの日々を辿る25年間のエッセイ集。

沈《しず》める滝《たき》

新潮文庫　み-3-11

昭和三十八年十二月　五　日　発　行
平成十六年四月二十日　四十八刷改版
令和　七　年　二　月　十　日　五　十　五　刷

著　者　三《み》島《しま》由《ゆ》紀《き》夫《お》

発行者　佐藤隆信

発行所　株式会社　新潮社

郵便番号　一六二―八七一一
東京都新宿区矢来町七一
電話　編集部(〇三)三二六六―五四四〇
読者係(〇三)三二六六―五一一一
https://www.shinchosha.co.jp

価格はカバーに表示してあります。

印刷・株式会社三秀舎　製本・株式会社大進堂

ISBN978-4-10-105011-9 C0193